KB003082

어머니와 함께 쓴 이야기
희망이 되어주는 사람 석동현

추천사

2대에 걸쳐 이어온 아름다운 인연

당대 최고의 수필가인 피천득 선생은 '인연'을 이렇게 예찬한바 있다. "어리석은 사람은 인연을 만나도 인연인 줄 알지 못하고, 보통사람들은 인연인 줄 알아도 그것을 살리지 못하며, 현명한 사람은 옷자락만 스쳐도 인연을 살릴 줄 안다"고….

석동현 변호사와 나는 옷자락만 스친 정도가 아니라 아버지와 아들, 2대에 걸쳐 이어져 온 오랜 세월과 함께한 인연이다. 내가 부산 중동구에 세 번이나 국회의원 선거를 치렀던 지난 1970년대부터 맺어졌는데, 그 무렵 석 변호사의 선친은 선거 때마다 음으로 양으로 나의 든든한 지지자가 되어 주었다. 그리고 석 변호사가 중3때 부산소년체전 대표 선서를 하는 모습을 지켜보면서, 또 부산지역 간부 학생들 대표로 국회를 방문하였을 적에 반갑게 격려를 해준 기억도 새롭다. 게다가 사법시험을 거쳐 후배 검사의 길을 걷다가 이제는 금배지까지 도전하는 예사롭지 않은 그의 행보가 기대된다.

내가 걸어온 길이 고향 후배인 석 변호사에겐 어릴 적부터 큰 바위 얼굴처럼 롤 모델이 되어 왔다니 감사하다. 그를 떠올리노라면 "좀더 멋지고 아름다운 법조인의 길을 갔어야 했는데…" 하는 미안함이 남는다.

허나 그 인연을 더 크게 이어가려는 듯 정치인의 길까지 따라 나선다니 기대가 자못 크다. 아울러 아낌없는 성원을 보낸다.

몇 년 전, 나는 한 수습 검사의 성추문 탈선 사건을 보고 분노하였다. 그리고 얼마 후 그 사태에 책임을 지고 홀연히 사표를 던지는 해당 검찰청 책임자인 검사장의 결단에 깊은 인상을 받았다. 쉽게 책임을 지지 않으려는 요즘의 공직사회 풍토 속에 자신을 희생하면서까지 검찰의 체통과 고위 공직자의 진정한 모습을 보여줘 큰 감동을 불러 일으켰던 것이다. 당시 그 서울동부지검장이 어떤 후배인지 궁금하던 터였다. 그러던 차에 그 주인공이 바로 '석동현 지검장'이었던 걸 얼마 전 알게 되었고, 과연 "석동현답구나" 감탄을 한바 있다.

이 책은 검사의 꽃인 검사장에 오르기까지 그가 걸어온 여정을 엿볼 수 있는 진솔한 글들로 가득하다. 더욱이 팔순을 바라보는 어머니와 함께 쓴 특이한 칼럼집이다. 불효가 만연한 요즘 세태에는 보기 드문 효의 귀감이라 할 것이다.

또한 이 책에는 포은 정몽주의 팔순 어머니가 아들 정몽주에게 주는 '까마귀 우는 곳에 백로야 가지 말라'는 가르침처럼 "야야, 곱게 살다 가자!"라는 석동현 변호사의 어머니가 들려주는 지혜로운 가르침이다. 기실 그 어머니는 후배 석동현의 또 다른 큰 바위얼굴임에 틀림없다.

올곧은 법조인의 길을 걸어왔던 후배 석동현 검사를 통해 효의 진면목을 들여다 보았다. 그가 사랑스럽기 그지 없다. 출입국관리 본부장으로 중국동포들과 이주외국인들의 눈물을 닦아준 참 목민관의 길을 걸어왔던 것도 같은 맥락에서 주목할 만하다. 정치개혁이 절실히 요구되는 지금, 이제는 그가 고향 부산과 나라를 위해 큰일을 제대로 한번 할 수 있는 그릇이 되리라 확신한다.

이 책을 통해서 독자들은 참 선량이 되기에 부족함이 없는 인물 석동현임을 느낄 수 있으리라 기대하며 일독을 권한다.

2015년 12월
박찬종(변호사. 5선 국회의원 역임)

차례

2장 눈물샘이 고장났나봐
- 황혼의 길목에서

01. 동현이 아버지에게 찾아온 병마

02. 그리운 고향 이야기

03. 사부곡

2부 나의 이야기

1장 검사가 되기까지

01. 어릴 적 그 시절

02. 대학시절, 교제 그리고 결혼

어머니와 함께 쓴 우리 모자(母子) 이야기

숨가쁘게 달려온 30여 년의 검찰생활을 마감하면서 그동안 느끼고 생각하였던 글들을 정리한 책을 한번 만들어야겠다고 마음먹었습니다. 그러던 중 오래전부터 어머니가 틈틈이 써온 글들이 문득 떠올랐습니다. 치열한 전쟁터 같은 일터에서 간혹 어머니가 들려주셨던 그 말씀들은 저에게는 오아시스였고 나침판이 되었습니다.

요즘처럼 각박한 때, 저를 기억하고 아끼는 많은 분들, 그리고 독자분들이 제가 어떤 사람인지 알아보는 데 도움이 되었으면 하는 바램으로 어머니의 글과 제 글을 합쳐 한 권의 책으로 엮게 되었습니다.

1부의 글들은 어머니께서 당신이 육순을 막 넘긴 시점에 노인대학에서 컴퓨터를 배운 후 틈틈이 자신의 손으로 한글자 한글자씩 직접 워드로 치면서 쓰신 글들입니다.

소녀시절부터 문학소녀의 기질이 풍부했던 어머니는 살아온 그

많은 이야기들을 마치 실타래를 풀어 예쁜 옷을 짜듯 한글자 한글자 컴퓨터 자판을 두드려 나갔습니다.

1장 「참으로 그때가 호시절이었네」는 어머니께서 저를 키우면서 경험한 일들 중 기억나는 것들 위주로 써 내려간 글입니다.

이 장에 실린 어머니의 글에는 늘 자식 곁에서 묵묵히 삶을 살아오시면서 정성어린 간절함으로 자식의 꿈을 향해 응원해 오신 애틋한 사랑을 아낌없이 전하는 한 평범한 여인의 모습이 담겨 있습니다.

자식이 힘들고 지칠 때마다 "괜찮다 힘내라" 하시며 빙긋이 웃음을 보여주신 그 모습이 눈에 아련합니다.

2장 「눈물샘이 고장났나봐」는 어머니께서 칠순의 목전에서 예기치 못하게 아버지를 암으로 떠나보내신 후, 남편에 대한 그리움이 절절하게 느껴지는 어머니의 사부곡(思夫哭)입니다.

이 장을 통해서 6·25전쟁 그리고 60, 70년대 산업화시대를 거쳐 격변의 80년대와 경제적 안정을 찾은 2천년대까지 인생의 힘든 여정에서 결코 쓰러지지 않고 앞만 바라보며 달려오신 부모님 두 분의 모습을 잔잔하게 글로 그려내고 있습니다.

힘겨운 삶의 한복판에서 지혜롭게 자식을 키워 오신 어머니의 마음을 헤아리고, 진실로 잘 견뎌오셨기에 지금의 제가 존재함을 다시 한번 더 되새기려 합니다.

그저 삶의 무게만을 느끼며 살았을 것 같은 세월 속에도 학창시절의 추억과 청춘의 열정을 고스란히 담고 있는 어머니의 글을 읽으면서 새록새록 젖어드는 기억들을 가슴 깊이 담아봅니다.

비록 서툰 글이라 여기실 테이지만 어머니의 글은, 제게는 세상 무엇보다 바꿀 수 없는 아름답고 소중한 글입니다.

지난 30년의 추억 저 편을 아주 소소하고 재미나게 그리고 아련하게 떠올리며 썼을 어머니의 글을 통해 우리 모두가 한번쯤 어머니를 그리워하며 마음을 헤아려 보았으면 하는 바램입니다.

유년시절과 학창시절을 거치면서 힘들고 지칠 때마다 나를 지탱해주었던 것은 부모님의 변함없는 믿음과 사랑이었습니다. 누구보다 그것을 잘 알기에 미래를 꿈꾸고, 그 꿈을 향해 지금껏 달려올 수 있었습니다.

제가 무슨 결정을 내려도 따라주고 지지해 주신 어머니, 이제는 신앙에 귀의 하셔서 자식들과 가정, 이웃 친지, 나라의 안녕을 위해 열심히 기도하시는 아름다운 이름 '여숙아' 나의 어머니! 당신의 올곧은 이름으로 오늘을 살아갑니다.

힘들고 지칠 때도 좌절보다는 용기를 가르쳐주신 마음으로 어제도 그랬듯이 오늘과 내일도 그렇게 꿋꿋하게 제 길을 걸어갑니다. 한없이 깊은 마음을 다 헤아리지는 못하겠지만, 마음 하나로 오늘이 있음을 가슴 깊이 되새기며 살아가렵니다.

선친께서는 1998년 여름 제가 미국 워싱턴으로 단기 연수를 떠날 때 갑자기 찾아온 병마와 싸우면서도 떠나는 그날까지 행여나 자식에게 누가 될까 노심초사 하다가 1999년 1월 초, 제가 미국연수를 마치고 돌아오자, 스스로 곡기를 끊고 서둘러 다시 못올 길을 떠나셨습니다. 아버지의 마지막 결단은 지금도 가슴에 사무칩니다.

세상의 험난한 길, 어렵고 힘든 우여곡절 속에서 말없이 든든한 그림자가 되어 주신 사랑에 고개 숙여 감사를 드리며, 그 인내를 저도 실천해 나가려고 합니다.

어머니에게는 든든한 남편으로, 자식에게는 용기와 도전의 미학을 깨닫게 해주시고, 먼저 하늘나라로 떠나신 아버님께 이 책을 바칩니다.

후반부 〈나의 이야기〉는 제가 쓴 제 이야기입니다. 30여 년 동안의 사법연수원과 검사생활을 마치면서 떠오르는 소회들을 간추려 기록했습니다.

1장 「지난날을 돌아보니」, 2장 「검사시절 이야기」, 3장 「검사로서의 마지막 한 달」은 제가 성장하고 겪어온 삶의 여정을 함축하여 담아 놓았습니다.

육법전서의 조문들이 법의 전부일 수 없습니다. 법 집행 현장에서 마주친 수많은 피의자나 피고인, 피해자들의 얼굴, 그것은 법이 만들어낸 하나의 작은 현상에 지나지 않습니다. 몇만 원의 물건 값에 인생을 거는 가난한 서민의 아우성 앞에서 법은 때로는 냉정하리만큼 침착함을 드러내기도 합니다.

"어찌할까. 무엇이 현명한 해결책일까? 법은 그렇게도 남의 속을 태워야만 하는 심술꾸러기인가?"라는 물음을 던지며 지난 26년의 검사 생활 동안 따뜻한 법치를 실천하고자 한, 저의 글들도 실었습니다.

시작하기보다 어려운 것이 유종의 미(有終之美)를 거두는 것이고, 나아감보다 더 힘든 것이 물러남인 것을 압니다. 그런 점에서 검사 생활을 마감하면서 보낸 마지막 한 달은 저에게는 너무나 중요한 시간들이었기에 상세하게 기록했습니다.

저에게는 아직도 걸어가야 할 길이 많이 남아 있습니다. 제 인생의 버팀목이 되어주신 어머니를 비롯해 사랑하는 아내와 두 딸, 그밖에도 저를 더 성장시켜 준 모든 분들에게 감사의 뜻을 전하며, 저도 그분들에게 '희망이 되어주는 사람'으로 남고 싶습니다.

끝으로 지금까지 저를 격려하고 성원해 주신 모든 분들에게 다시 한번 이 지면을 통해 감사를 드립니다.

아울러 우리 모자의 이야기를 한 권의 아담한 책으로 엮어준 글마당 편집부 여러분과 도움을 주신 많은 분들에게 고마움을 전합니다.

2015년 12월
석동현 올림

어머니와 함께 일본 여행 갔을 때(2005. 12.)

1부

어머니의 비망록

1부는 어머니(여숙아)께서 60대 초반에 노인대학에서 컴퓨터로
문서를 작성하는 법과 인터넷 등을 배운 뒤 손수 한글자 한글자
타자를 쳐가며,
옛날을 회상하시면서 직접 쓰신 비망록 글이다.
먼저 1장 「참으로 그때가 나의 호시절이었네」는
어머니 입장에서 나의 성장기를 회상한 내용들이고,
2장 「눈물샘이 고장났나봐」는 돌아가신 아버지에 대한
그리움을 쏟아 놓은 내용이다.
맞춤법을 생각하여 최소한의 손질을 한 것 외에는
어머님이 쓰신 원문 거의 그대로이다.

1장

참으로 그때가 나의 호시절이었네
– 어머니가 새겨보는 즐거운 옛 추억

01 어릴 적 이야기

네 살 때

큰 아들 동옥이는 일곱 살이었고, 둘째인 동현이는 네 살이었다. 동옥이가 내년에 학교를 가야해서, 한글과 숫자를 가르쳐 보았더니, 옆에서 예사로 구경만 하는 줄 알았는데, 가르쳐 주고 동옥이에게 물으면 동현이가 먼저 대답을 하니 너무나 신기해 "너도 같이 배워라."고 한 것이 계기가 되어 곧잘 따라 하였다.

동옥이가 1학년 2학기쯤이고, 동현이가 다섯 살 때에는 한글을 거의 다 익혀서 길거리의 간판까지 읽고 어려운 받침 글자는 자꾸만 물어 보더니 더 빨리 배우는 것 같았다.

처음 배울 때는 글자를 써 놓고 물으면 앞에 글씨만 알면 뒤에 글씨는 모르면서 어림짐작으로 지어내서 말했다. 다행히 그 중에 몇 개는 맞을 때가 있으니 그것이 재미가 나서 옆에서 또 물어보고 웃고 화젯거리가 되곤 하였다.

이웃사람들은 동현이가 글을 읽는다 하면 거짓말인줄 알고 일부

동현이의 돌사진

러 물어 보면서 진짜 알아맞히면 귀엽다고 과자도 사주었다.

어느날은 밖에서 글자를 알아 맞히니 어떤 아저씨가 아이스크림을 사줬다며, 자랑도 하고 재미를 붙여 집에 들어오면 책도 보고 글씨도 써보고 그게 일이었다.

그때는 지금처럼 텔레비전이나 장난감이 흔하지 않았으니 그 방법밖에 없었겠지. 손님이나 누가 돈을 주면 문방구로 쪼르르 달려가서 노트를 사가지고 계속 형 교과서를 보고 쓰는 게 일이었다. 형이 학년이나 학기가 올라가면 교과서는 자기 것이라 좋아했지.

노트를 다 쓰면 차곡차곡 모아 두고 몇 권 썼는지 세어 보는게 낙이라 형이 학교에 가고나면 심심해 하기에 책가방을 사 주었더니, 책가방을 메고 형이 학교가면 뒤따라 나가서 저의 아버지 공장에 가곤 하였다.

아빠의 일터

동현이 다섯 살 때에 부산진시장 남쪽 성남초등학교 옆에 물엿 공장이 부도가 나서 휴업 상태에 있었다. 주인인 김노인께서 연세가 많으니 종업원 거느리고 운영이 어려워 문을 닫으면 종업원 7, 8명이 갈 곳이 없어서 매우 난감한 지경이라 했다. 인수를 맡으라는 제의가 왔을 때 처음에는 자금을 투자하여 관리·감독 하면서 경리를 보게 되었다.

설탕이 귀하던 시절이라, 거래처가 주로 과자공장과 고물상이어서 밤에 만들어진 물건을 새벽에 배달해 줘야 하기 때문에 언제나 새벽에 출근을 해야 했다. 아침에 형이 학교 간다고 나가면 동현이도 책가방 메고 형이랑 같이 인사하고 아버지한테 가는 것을 신나 했다. 지금 생각해보니 유치원에도 안 보내고 그렇게 한 것 같다.

공장 할아버지가 한글을 잘 모르시는 분이어서 장부 기록도 못 하시지만 기억력은 아주 좋으신 분이었다. 할아버지께서는 동현이가 책가방을 메고 가면 책을 펴놓고 읽어보라 하시고, "이 꼬마가 글씨를 어떻게 아느냐"고 칭찬해 주시고 많이 사랑해 주셨지. 아버지는 집에 오셔도 동현이는 공장에서 더 놀다 오곤 하였다. 그 댁에는 당시 늦둥이 아들이 서울대 공대에 재학 중이어서 동현이 아버지가 등록금도 몇 번 내 준걸로 기억한다.

이듬해 공장과 주택을 완전 인수하여 온 가족이 이사하여 그곳에서 7년 가까이 살다가 금사동으로 주식회사를 설립해서 공장을 옮기고 그 곳은 대리점 역할을 하였으나, 지금은 부산진시장 상인들에게 창고로 임대해 주고 있다.

범일동 엿공장 옆, 집 앞에 선 동현이 아버지

이사간 집의 사연

공장과 주택이 붙어 있는 집에 이사를 하고 보니 종업원 7, 8명에게 숙식을 제공하는 일이 어려워 가정부와 심부름하는 딸아이 등 대식구를 거느리 공장에서 만들어 나오는 제품은 전부 내손을 거쳐서 나가야 되니 힘든 게 한두 가지가 아니었다.

바로 옆집 용대상회 술도매업 하는 이 댁은 동네에서 수십 년째 살고 계시는 분이다. 그 집에는 부잣집이라 귀한 텔레비전이 있었다. 동현이가 낮에는 심심하니 텔레비전 보러 옆집에 자꾸 가니까 미안해서 못 가게 해도 안 되고, 할 수 없이 콘솔형 TV와 제네랄 냉장고를 사 들였다.

용대상회 할머니 말씀 왈 "그 집[우리 집]에 살다간 김노인네 아들 종배도 서울대학, 우리 진곤이도 서울대학, 저쪽 옆집에 주영이도 서울공대 출신이라면서 이 동네에서 자기 집터하고 우리 집터가 제일 좋다고 어느 풍수가가 말하는걸 보면 자네집 동현이도 장래 서울대학에 꼭 갈거라"고 하였다.

그 소리를 들을 때마다 기분이 좋았다. 어려서부터 잘했지만 동현이가 공부는 계속 잘 하고, 대학 이야기만 나오면 내 마음 속으로 그 말씀이 간혹 스쳐 지나갔다. 그 할머니 말씀대로 우리 동현이가 서울대학을 갔으니 예언이 현실이 된 것이다.

외가댁에서

공장을 직접 경영하면서 종업원 숙식을 전부 제공하다 보니 가정부까지 대식구라 바쁘기도 하고 동현이가 어릴 때는 시골외가에 많이 가 있었다. 외할아버지가 어릴 때 보약을 먹여야 몸이 튼튼하다고 데리고 가셔서 친손자 외손자 보약을 먹이셨다. 홀수 나이 다섯, 일곱, 아홉 살 때 세 번 먹인 걸로 기억된다.

음력 섣달이 일 년 중 가장 바쁜 때라 해마다 외가에 보냈다. 그때는 외할아버지 따라 외가에 가면 집에 데리고 올 때까지 외가에는 전화가 없으니 엄마 말소리도 못 듣고 집에는 연락도 안 되고 지금의 환경과는 너무나 달랐었다. 어린 것이 집에 가고 싶어도 못 가고 제 딴엔 답답했겠지. 낮에는 잘 놀다가 해가 지고 저녁때쯤 되면 꼭 제 옷가방을 챙겨 대문간에 들고 나가보기도 하고 며칠 밤을 잤나 세어보고 하더래나. "집에 가고 싶으냐"고 물으면 고개만 끄덕이고, "엄마 보고 싶냐"고 물으면 훌쩍훌쩍 운다는 말도 들려왔었다.

"어미가 없어서 저러면 얼마나 불쌍할꼬" 외할머니가 말씀하셨다. 조금 놀다 와서 "약 먹어라" 하면 잊어버리지도 않고 대문에 쫓아 들어오면서 "할머니 보약 주세요"라며 꼭 보약을 찾는다고 대구에 사는 동현이모가 흉내를 내면 박장대소로 웃곤 하였다.
더 우스운 이야기는 앞집에 초상이 났는데 떡을 큰 시루에 쪄서 꺼내어 마당에서 식히니까 제 또래 아이들이 모두 들여다보고 먹고 싶어 해서 동현이가 좇아 들어가 "떡 좀 주세요" 하니까 "네가 누구 아이고" "서재댁 외손자란다" 하면서 떡을 주니 골목에 가서 나눠 먹더라는 이야기가 온 집안에 화제가 되었다고 했다.

뒷날 외할머니가 동네 나가니까 "외손자가 떡을 얻어 갔노라고 부끄럼도 없고 배짱도 좋다고 하면서 도시에 사는 놈은 어딘가 틀려도 틀리다"고 하더라는 소문이 들렸다.

지금 동현이를 생각하면서 상상을 해 보니 우습기만 하다.

성남초등학교 1학년 때

2월에 예비소집이 있고 3월에 1학년 입학식을 하였다. 성남초등학교에는 형이 학교 간 뒤에 비가 오면 우산도 갖다 주고 아침 조례 때는 교문 밖에 자주 가 보고, 학교 운동장에서 잘 놀다 오기 때문에 입학을 한다 해도 별로 신경 쓰지도 않고 예사로 생각하였는데, 막상 입학식 날 가보니 앞가슴에 손수건을 달고 엄마 손잡고 학교에 오는 신입생을 비교해 보니 우리 동현이는 오히려 내가 따라가는 것처럼 보였다.

그래서 집안일도 바쁜 차에 다음부터는 혼자 보냈다. 내일의 준비물은 재가 다 챙기니 1학년이라고 신경 쓸 필요가 없었다. 며칠 후에 동현이 반 엄마들 몇 분이 자모회에 나오라고 우리 집에 찾아와서는 "동현이가 하도 어른스러워 우리 아이가 누구누군데 같이 잘 지내라고 부탁했다"면서 칭찬을 많이 해서 듣기가 좋았다.

어느 날 학교에 가니까 선생님께서 "입학 나이를 넘겨서 온 줄 알고 나이대를 조사해보니 맞더라"는 말씀을 하시니 칭찬처럼 들려 기분이 좋았다.

자모회 날 학교에 갔더니, 담임선생님께서 "동현이처럼 한글을 다 익혀서 오는 아이가 몇 안 되는데 가르쳐도 빨라서 모르는 아이는 동현이 보고 좀 가르쳐 주라" 했다는 말씀과 함께 "너무 안다고 교만해서 싫증내면 어쩌나 신경이 좀 쓰인다"고 하셨다. "전혀 한글을 모르고 입학한 아이들 위주로 가르치니까 동현이는 배울 것이 없으니 국어 시간에 일부러 심부름을 시킨다"는 배려까지 해주셨다. 지금도 그렇게 자상한 선생님이 계실까? 지난 일들이 새삼 감사한 마음이 든다.

2학년 때 혼자 나선 기차여행

2학년 때 가장 기억나는 것은, 왜관에 사는 우창(사촌동생)이를 누가 데려왔는지는 생각이 안 나고, 며칠 우리 집에서 놀다가 집에 가고 싶다하는데 데려다 줄 사람이 없어서 걱정을 하니까 동현이가 "우창이를 제가 데려다 주고 올게요."라고 했다. 못 미더워서 "안 된다" 해도 꼭 "자신 있다" 하기에 보내기로 하고 부산역에 가서 둘의 표를 끊어 기차를 태워 보냈다.

당시에는 왜관까지 4시간 이상 걸렸다. 하룻밤을 재운 뒤 왜관에서도 부산까지 오는 기차를 태워 주었겠지. 이튿날은 부산진역에 내려서 시내버스를 타고 거뜬히 다녀왔다. 그 어린 것이 대견하다고 온 식구가 칭찬해 주었다. 얼마 후 할아버지가 오셨는데 동현이가 우창이를 왜관에 데려다준 이야기를 들으시고 놀라시며 "2학년짜리가 혼자서 왜관을 갔다 오다니, 그 먼데를 아이고 장하다"고 하셨다.

또 며칠 계시는 동안에 동현이가 가루담배를 담뱃대에 담아서 불을 붙여 드렸던 기억이 난다. 가루담배를 담아 보는 것이 동현이는 재미 삼아 해 봤겠지. 그런데도 할아버지는 그게 좋으셔서 동현이가 담아 주는 담배를 피우셨다고 자랑을 하시면서 "우리 동현이는 장래 뭐가 돼도 크게 될 거라"고 하시던 말씀이 지금도 기억에 생생하다.

돌아가신 할아버지께서 지금 당당하게 제자리[법무부]에서 열심히 일하는 손자 동현이 모습을 보셨다면 얼마나 기뻐하실까. 만약 아버님께서 알아들으신다면 '우리 동현이 반듯하게 키웠다고 남에게 뒤떨어지지 않고 앞으로 더 잘 할 거라'고 여쭙고 싶다마는 부질없는 나의 마음 뿐이다.

아버님 하늘나라에서 지켜봐 주십시오. 담뱃대 불붙여 드리던 꼬마 동현이가 그때보다 지금은 진짜 더 장하다고 칭찬해 주시고 돌봐 주시고 기뻐해 주십시오.

할머니와 함께 간 소풍

지금도 마찬가지겠지만 보통 1학년 때는 소풍을 가면 학부형이 따라 가서 점심도 챙겨 주고 보살피기 위해서 같이 가는 편이었다. 마침 시골에서 할머니가 오셨기에, 나는 같이 갈 시간이 없어서 할머니가 대신 따라 가시게 되었다.

김밥 도시락을 준비해서 같이 가시게 되니 동현이보다 할머니가 더 좋아 하셨다. 대연동 못골 뒷산에 소풍을 갔다 와서 동현이 이야기가 "선생님이 맨 뒤에서 반 아이들 처지면 안 된다고 감독을 하라 했는데, 난는 오히려 할머니 잊어 버릴까봐 혼났다"고 했다. 목적지까지 도착해서 보니까 할머니가 안 보여서 다시 찾으러 내려가서 만났다고 하였다.

"할머니는 무릎 관절이 안 좋아서 걸음을 빨리 못 걸어 그렇다"고 일러 주긴 했다만, 어디든 가시는 것을 좋아하시는 어른이셨다. 소풍 기념 단체사진을 보면 흑백사진이라도 할머니는 참 건강해 보이셨다.

새삼스럽게 어머님 생각을 하니 그 때 어머님 연세가 지금의 내 나이와 비슷하지 않았나 하는 생각이 든다.

아직도 기억은 생생한데 덧없는 세월은 많이도 흘렀다.

3학년 담임선생님의 칭찬

2학년에 이어 3학년 때도 동현이가 급장이 되었다. 이필연 담임 선생님 말씀에 의하면 "금년에는 동현이가 급장이 되니까 반 아이들이 급장 말도 잘 듣고, 아침 자습시간에는 다른 반은 떠들고 시끄러운데, 우리 반은 내가 안 들어가도 조용히 잘해서 훨씬 편하다"고 하셨다. 또 "반장이 통솔을 잘한다며 다른 반 선생님들도 부러워 한다"는 등 학교에서 만날 때마다 좋은 말만 해 주시니 참 좋았다.

그 다음해, 다른 학교로 전근 가셨는데 우연히 부산진시장에서 한번 만나서 동현이 안부를 물어 보시고 매우 반가워하셨다. 그래 만나고는 소식을 전혀 모르고 있었는데 손자인 요환이가 사직초등학교 1학년 때 이필연 선생님이 그 학교 교장선생님으로 계신 것을 알았다.

세월이 너무 많이 흘러 만난다 해도 못 알아 볼 수도 있겠지마는 그때의 내 상황이 만나서 인사 할 정도가 아니라서, 요환이 담임선생님께 안부만 물어보고 그냥 돌아섰다.

02 전교 어린이 회장이 되다

5학년 때 전교 부회장에 선출

5학년 담임인 김달주 선생님은 참 훌륭하신 분이셨다. 교사의 자질이나 선비의 품위를 고루 갖추신 분이며, '선생 중에 선생'이라고 동현이 아버지가 여러 번 말씀하셨다.

1년을 담임해도 학교가 가깝다 보니 길가에서 간혹 만나면 반갑게 동현 아버지랑 서로 인사도 나누시고 칭찬 듣는 선생님은 김달주 선생님뿐일 걸로 기억된다.

한번은 이사들 모임에 갔더니 "동현이는 지도하기가 좀 어렵다"고 말씀하셨다. "학생들을 가르치다 보면 선생님이 실수를 좀 해도 그냥 모르고 넘어 가는데 동현이 앞에서는 조심을 많이 한다면서 동현이 같은 저런 아이는 사춘기에 잘못 되면 걷잡을 수 없이 되고, 잘 되면 아주 잘 된다며 신경을 많이 써야 된다"는 조언을 해주셨다.

5학년 때 전교 어린이 부회장선거에서 15학급 반장들 중에서 다섯 명이 출마하여 동현이가 선출되었다. 그 때 지도 선생님이 박기병 선생님으로, 같은 5학년 몇 반 담임이셨다. 성남초등학교에서는 그때부터 동현이 이름이 알려지기 시작한 걸로 기억된다.

어린이 회장 선거에 나가다

6학년이 되어서는 이두억 선생님이 담임이셨다. 6학년 첫 자모회 날 바쁜 일이 있어서 좀 늦게 갔더니, 내 의사는 물어 보지도 않고 육성회 이사 결정이 되어 있었다. 반에 어머니 회장은 다른 엄마가 이미 정해져 있었다. 자모회가 끝날 때쯤 박기병 지도선생님이 오셔서 "한번 만나 볼일이 있노라"고 반겼다.

"며칠 후에 전교 어린이 회장 선거가 있다"는 말씀과 동현이 담임선생님하고 의논하러 왔는데, 나 보고도 "좀 남아 달라" 하셨다. "6학년 담임들이 자기반 반장을 회장 만들려고 경쟁을 하는 분위기이나 동현이가 유력하다"고 하셨다.

"5학년 때 부회장 한 것이 유리하다"는 말씀과 "김 아무개와 최소아과집 아들 최 아무개 등등 다섯 학급 반장이 출마한다"는 정보를 주셨다. 그때부터 박기병, 이두억 선생님과는 전화 연락만 하였다. 자칫하면 치맛바람 날려서 아이 바보 만드는 꼴이 되기 십상이니 더욱더 조심할 때였다.

5학년 전교 부회장 때, 맨 왼쪽이 동현이(1971.)

나는 집에 일이 바쁘니까 학교에 가볼 시간 여유도 없는데, 드디어 연락이 왔다. 어느 날 오후 2시 도서관에서 어린이 회장 선거를 하니 출마한 학생과 학부형은 꼭 참석해 달라는 통보를 받았다. 도서관에 들어가 보니 학생들이 꽉 차게 앉아 있었는데 백여 명도 넘어 보였다. 알고 보니 4, 5, 6학년 반장과 남녀 부반장만 선거권이 있는 데도 한 학년에 15반 씩이나 되니 참석한 학생 수가 여간 많은게 아니었다.

소견발표를 하는데 다들 원고를 선생님이 써 주었는지 열기가 대단했다. 이야기 삼아 하자면 우리 동현이도 소견발표문을 보고 며칠 집에서 연습도 시켰고, 학교 교실에서 담임선생님이 연습을 시키더라고 했다. 웅변대회를 방불케 하는 현장 그대로였다.

'어린이 회장 선거가 이렇게 하는구나' 지켜보고 있으니 눈들이 반짝 반짝 빛나면서 저마다 연습을 많이 해서 잘한다 싶더니 도중에 한명이 기권한다고 발표했다. 투표용지가 나누어지고 각자 후보자 이름을 쓴 다음 한 통에다 모아 놓고 후보 학생만 나와서 각각 자기 이름을 쓴 투표용지를 골라 손에 쥐었는데, 동현이 손에 든 부피가 제일 많은 것 같았다. 칠판에 正자로 숫자를 써 가며 헤아리니 동현이가 압도적으로 많았다.

당선이 결정 되니까 6학년 담임들이 들어오고 이두억 선생님은 기분이 좋아서 싱글벙글 하셨다. 당선되고 보니 그냥 있을 수는 없고 해서 삼오정에서 교장, 교감선생님을 비롯해서 4, 5, 6학년 선생님을 모시고 근사하게 한턱 썼던 기억이 난다.

그때가 좋았지. 생각만 해도 즐거운 시절이었어. 누구나 즐거운 추억이야 다 있겠지. 잊어버리고 사는 것보다 다시금 되새기며 글을 써 보니 이 재미 또한 새롭구나.

어린이 회장이 되고나서

회장이 된 다음 시장에 나가니까, 동현이 소문이 나서 만나는 사람마다 인사를 하니 기분이 좋은 것은 사실이었다. 계속 반장은 했으니까 예사로 생각했는데 전교 회장이 되고 나서는 내가 조금은 신경이 더 쓰이는게 소홀히 할 수 없다는 것을 실감했다.

담임선생님 말씀인즉, "1년 동안 동현이 어머니 바쁘게 됐다"고 "회장 어머니 아무나 못 한다"고 농담반 진담반으로 이야기 하면서 선생님이 너무 좋아 하는데 나는 1년 동안 챙겨줄 일이 슬슬 걱정이 되었다.

우리 동현이가 졸업 때까지 1년 동안 실수 없이 잘 수행한 걸로 기억된다. 학교의 크고 작은 행사가 있을 때는 일찍 일어나서 학교를 한 바퀴 둘러보고 주번학생은 정리를 잘 해놓았는지 확인하고, 다시 집에 와서 밥 먹고 학교 가는 것을 보면서, '학교와 집이 담 사이니 가까워서 편리한 점이 있구나' 생각했다.

교복 입는 것도 신경을 써

임명장

제6학년 6반

석동현

이 학생을 본 학기간

전교아동회
회 장으로 임명함

1972년 3월 20일

부산 성남 국민학교장 이남석

동현이의 전교어린이 회장 임명장
(1972. 3)

야 했다. 교복 흰 칼라도 더 자주 갈아줘야 했고 바지 앞 주름까지도 신경을 써서 다림질해 입혀야 했다.

부산시 어린이 회장 모임에 간혹 나갈 때라든지 일주일에 두 번씩 조례 시간이면 운동장 단상에 올라가서 전교 학생들을 정리 정돈 하는 일이며 어린이 회장 하는 일이 꽤 많아도 잘 해내는 것 같았다.

1학기를 마치고 생각지도 않던 일이 일어났다. 임기가 1년인 것으로 알았는데 2학기 초에 회장을 다시 선출한다고 했다.

나는 우리 동현이가 잘못 한 게 있느냐고 반문했더니, 다른 학생들의 어머니도 6학년 담임선생님들도 하나같이 반장이 15명인데 동현이만 1년을 하는 것보다 다른 아이들도 회장을 시켜 보자는 의견이 다수라 했다.

나는 '학교 방침대로 하겠지' 하고 있었더니 이두억 선생님께서 "2학기에는 동현이가 출마를 포기 하도록 말해 달라"는 전화가 왔다. 나는 들은대로 동현이한테 "출마하지 말라"고 타일렀다. 이튿날 학교에서 박기병 지도선생님의 전화가 왔다. "아무 말도 듣지 말고 출마해야 된다"는 것이다. 나는 하등 말릴 이유가 없었다.

지도선생님을 만나보니 "1학기보다 2학기가 더 중요하다"면서 "5월 5일 어린이날 교육감상은 받았지만, 규칙상 졸업식 때는 회장이 교육감상을 받게 되는데 대상이 중요하다"고 "어머니가 일부러

말리지 말아 주십시오"라고 했다.

"동현이가 선거를 다시 한다 해도 또 됩니다" 하시면서 은근이 동현이가 되기를 바라는 눈치여서 나는 더 이상 말하지 않고 돌아와서 기다렸다. 선거날은 아예 참관도 안했더니 "또 당선이 되었다"고 연락이 왔다. 그리하여 1년 동안 무사히 잘 수행하였다.

성남초등학교 소개

부산에서 공립학교로는 전통이 아주 오래된 학교이고 부산진시장을 중심으로 인구가 밀집 지역인데다가, 70년대 전후 그 당시에는 학생 수가 6천~7천 명 가까이 되었으니 거짓말 같은 사실이다.

한 반에 70명 이상씩 15~17개 반이나 되고 선생님도 100명 가까이 되었다.

그때에는 저 학년은 오전 오후 2부 수업을 하고 아침 조례는 1, 3, 5학년, 2, 4, 6학년으로 나누어 하였으니 그 정도로 학생 수가 많았다. 급기야 정부에서는 '아이를 둘만 낳아 잘 기르자'는 운동을 전개하고 아파트 건설이 붐을 일으키면서 인구가 분산되고 범일초등학교가 분교되어 학생 수가 차차 줄어들었다.

첫 서울 나들이

부산시 학생 글짓기대회를 남부민초등학교에서 실시할 때 동현이가 3등에 입상하였다.

서울 첫 나들이(창경원)

전국 글짓기대회는 서울에서 하게 되어 1, 2, 3등 입상자가 출전하게 되었다. 교육청에서 학생 여비만 나오고 학부모가 데리고 가게 되어 있어서, 나는 동현이와 함께 서울에 올라갔다. 동현이는 생전 처음 서울에 가보는 길이다. 서울 첫 나들이인 셈이다.

서울 경동고등학교에서 대회가 열려서 가까운 여관에 묵었다가 이튿날 대회장으로 갔는데, 전국에서 다 모였으니 학부형은 입장을 못하게 하였다. 교문 밖에서 기다리고 있으니 12시에 마치는 종소리가 나고 여러 학생들 속에 동현이도 섞여 나왔다.

'보리밥 도시락'이라는 시제로 글을 지었다고 했다.

오후에는 남산에 올라가 구경하는 중에 그날따라 비가 와서 비닐우산을 사서 쓰고 다니면서 사진도 찍었더니 뒷날 우편으로 붙여왔다. 얼마후 서울에 간 3명 중에서 동현이만 입선했다는 통고를 받았다.

부산시 교육위원회의 시상식에는 담임선생님이 데리고 갔었는데 상장과 국어사전을 상품으로 받아왔다.
뒷날 선생님께 이야기를 들어보니 시상식 날 교육청에서 시상서열이 전국 상이 먼저냐, 부산시 상이 먼저냐를 놓고 논란이 좀 있었다는 말을 들었다.

교육감상을 양보하다

졸업식을 며칠 앞두고 시상 문제로 6학년 담임선생님들끼리 말이 많았다는 소리가 들렸다.

반에 엄마 말인즉 교육감상을 비롯해서 상마다 금액이 얼마얼마인데 거두어서 졸업식 날 전 교사들의 회식비를 마련해야 된다고 했다.

국민학교 졸업식 때 이두억 담임선생님과 함께(1973. 3.)

"교육감상은 회장인 동현이가 받는 것이 당연한데, 1학기 때 교육감상은 한번 받았으니 다른 반 담임이 동현이가 양보해야 한다"는 말이 있다면서 이두억 선생님께서 "동현이 어머니가 좀 양해를 해야 되겠다"고 하셨다.

참 난감해서 "학교 처분대로 좋을 대로 하라"고 해 놓고 마음속으로 '담임이 꼭 우기면 할 수 없다'는데 내가 나설 일은 아니다 싶었다. 결국 교육감상은 양보하고 시장상을 받았다. 서열은 둘째지만 상장과 상품이 더 커서 "교육감상보다 시장상이 더 높다"하고 모두들 웃었다.

6학년 주임선생님이 미안하다는 말씀을 하셨다. 졸업식을 마치고 몇몇 엄마들이 "교육감상을 다른 학생이 받느냐"고 물어 보는 엄마도 있었다.

동현이 졸업, 나의 소회

그 당시 초등학교 치맛바람이 지나치다고 사회 여론이 떠들썩할 때였다. 조금만 여유가 있으면 사립학교 보내려고 안달이었고 공립학교 중에서는 성남초등학교가 알아주는 학교였다.

공부 성적이 상위권에 드는 엄마들이 주로 간부직을 맡으니까 학교 갈일이 자꾸 생기니 안갈 수도 없고, 집일은 바쁘지, 잠시도 자리를 비울 수가 없어서 참석을 제대로 못하니 곤란할 때가 많았다. 성적이 중간이나 하위에 속하는 학생 엄마들은 보고만 있으면서 비난하는 엄마도 있고 진심으로 부러워하는 엄마도 있었다.

나는 가장 어려웠던 일이라면 동현이 아버지가 이해를 못 해주니 야속했다. "동현이는 가만히 내둬도 공부 잘 하는데 왜 가느냐. 옛날에 우리가 학교 다닐 때는 졸업 때까지 부모가 학교에 한번도 안와도 졸업했다"고 할 때는 대책이 없었다.

학교에 갈일이 있으면 몰래 가기 일쑤였다. 집에서는 현금 장사라 자리를 비우면 종업원이나 가정부에게 맡겨야 하니 곤란했고, 내가 없으면 도로 가버린다고 하니 외출하기가 어려웠다.

엄마들이 모이면 초등학교를 어서 졸업하고 중학교에 갔으면 좋겠다는 말을 들을 때마다 나도 하고 싶은 말이었다. 또 한 가지 "중학교에 가야 자기 성적이 나온다"는 말이 들리면 동현이를 비꼬아 하는 말인 것 같아서 듣기 거북했지만, 마음속으로 '우리 동현이는 중학교에 가도 잘 할 거야'라고 생각했다. 역시 중학교 가서도 잘 해줘서 다행이었다.

중학교 때 상으로 받은 수저

추첨으로 대연중학교에 배정이 되었다. 우리 집에서는 비교적 교통이 괜찮은 편이었다. 신설 학교라 깨끗하긴 해도 미비한 점이 더 많았다.

초등학교 때는 과외 공부를 안 해도 자신 있다더니, 중학교에 가서는 학원을 다녀야 되겠다고 학교 수업을 마치면 바로 부산학원에 가서 강의를 듣고 왔다.

어느 날은 "6·25에 대하여 글짓기를 했는데 입선됐다"고 교육청에 상 받으러 간다더니, 스테인리스 수저를 상품으로 받아와 자기 수저로 정하였다. 식구가 원체 많다 보니 어쩌다 바뀌면 가정부 할머니보고 "자기 수저를 꼭 챙겨 달라"고 챙겨 줄 때까지 서서 기다렸다고 했다.

서울로 대학 갈 때까지도 항상 쓰던 수저를 두고 임자가 떠났으니, 그 수저를 볼 때마다 동현이 생각이 났다.

'밥은 잘 먹는지 모르겠다'

03 엿 배달까지 해준 아들

등교전 자전거로 엿 배달

중학교에 가서는 자전거를 잘 타니까 공장에 일이 많고 바쁠 때는, 아침에 과자 공장에 엿 배달을 한군데 해주고 학교 갈 때도 있었다. 배달 나간 종업원이 오기 전에 독촉이 오면 거래처에서 늦는다고 야단이다. 배달 한탕 뛰고 오라하면 얼굴 한번 안 찡그리고 갔다 오고 했으니, 지금 아이들 같으면 상상이나 될 법한 일인가.

어느 일요일 날, 동현이가 거래처에서 엿통을 회수하여 자전거에 싣고 수금한 돈을 청바지 호주머니에 넣고 오다가 행길에서 흘려 잊어버린 적이 있었다. 자전거 페달을 밟으니 주머니가 움직여 땅에 떨어진 모양이다. 자전거를 돌려서 왔던 길을 다시 가 보아도 못 찾고 그냥 와서는 탄식을 하고 아까워하곤 하였지.

배달도 종종 잘 하던 애가 중3때 학생회장이 되고 나서는 "나 이제 배달은 안 할래요"라며 우리 학교 아이들이 나를 보면 찌들게 가난해서 고학생인줄 알면 안 된다나….

"그래 맞아. 이제는 절대로 안 시키마"하고, 쟤네 아버지도 "맞다" 하고 그 이후로는 절대 자전거 배달을 시키지 않았다. 일 할 시간도 없고 웃어넘긴 사연이었다. 이층에서 공부하면서 수시로 기타도 곧잘 치고 취미가 다양했었지.

중학교 학생회장에 도전

2학년 2학기 말에 대연중학교에서 학생회장 선거가 있었다. 육성회 회장이 자기아들 아무개를 출마시켰다는 말이 있었고, 또 몇몇 학생도 출마하고 동현이도 출마를 하였다. 중학교에는 가보기도 어렵고, 담임선생님과 전화만 통화해 보니 전부 기권 가능성이 보인다나. 결국 다들 기권하고 단일 후보가 되었다. 전교생이 찬·반 표로 결정이 난다고 하더니 선거 결과 반대표는 없었다고 했다.

회장은 되었지만 인사 치르기가 문제였다. 동현이 아버지하고는 의논도 안 되고, 내가 식사 대접하기에는 어색하고 담임하고 의논을 하니 간단한 기념품도 좋다고 하셨다.

그 당시 스텐 밥그릇이 처음 나올 적에 모두 좋아 할 때라 50세트[증, 석동현이라 새겼음]를 맞춰 학교 교무실에 배달시켰다.

학생회장이 된 3학년 초에 「소년중앙」 잡지에 전국 남녀중학교 학생회장 명단이 사진과 같이 실려 나왔다. 몇몇 아는 엄마들이 동현이가 중학교에 가서도 성남초등학교 때처럼 학생회장이 되었다고 축하 전화가 왔다.

혼자서 한양 나들이

초등학교 6학년 때부터 "내 혼자서 서울여행을 한번 다녀왔으면 소원이 없겠다. 만 원만 주면 서울 가서 내 마음대로 실컷 쏘다니고 구경도 실컷하고 돌아오겠다"고 졸라대는지라 "6학년이면 어려서 안 되니 중학교에 가면 꼭 보내주마" 약속해 놓고 나는 잊어버리고 있었는데 중1 여름방학이 되니 "이제 중학생이 되었으니 약속한 대로 보내 달라"하였다.

더 이상 할 말은 없고 할 수 없이 여비 얼마하고 짐 보따리를 꾸려서 서울에 보내주었다. 나한테는 육촌언니면서 학교동창이라 무척 친하게 지내던 봉천동 언니 주소와 편지를 들려 보냈다. 언니의 말이 "아침 먹으면 나가서 저녁에 들어온다"고 하면서 "애가 어디를 겁 없이 돌아다닌다"고 걱정을 많이 했다.

며칠을 있었는지 집에 와서는 "대학마다 다 가보고 동숭동 대학로에도 가보고" 그 당시에 서울대학교가 관악캠퍼스로 이사할 때라 "관악캠퍼스에 가봤더니 무지무지하게 넓고 굉장히 좋더라"고 하더니 "어머니 말씀대로 목표가 서울대학"이라고 하였다. 내가 평

소에 입버릇처럼 동현이가 서울대학 가는 것이 소원이라는 말을 자주 했었다,

어느 날 이층 공부방에 가보니 책상 위에 서울대학교 마크가 작은 액자에 꽂혀 있어서 '뜻대로 되어야 할텐데' 항상 마음속으로 빌었다.

대학 말만 나오면 "서울대학교에 가서 우리 어머니 소원 풀어드리고 효도 한번 해야겠다"고 하던 말이 잊혀지지 않네.

그때 여행을 보낼 때는 '호기심으로 그러겠지' 했는데 지금 생각해 보니 새삼스럽게 요즘말로 사춘기가 아니었나 생각이 든다.

전국 소년체전 총지휘자로 뽑혀

중학교 3학년이 되어 4월 중순경, 어느 날 학교에 갔다 오더니 오늘 교육청에서 소년체전에 나갈 총지휘자를 선출하였는데 동현이가 뽑혔다고 했다.

들어보니 "부산 전체 남자 중학교 학생회장, 규율부장을 다 모아놓고 목소리 심사로 음이 마이크에서 멀리 가는 것과 체격 등 여러 가지를 보는데 4명에서 2명까지 가서 마지막에 자기가 뽑혔다" 하여 "잘 되었구나" 하고는 예사롭게 여겼더니 이튿날 중앙지, 지방지 신문에 동현이 기사가 실렸다. '꿈은 정치가, 운동은 구기 종목 다 좋아하고 취미는 여행… 굵은 목소리의 주인공 석동현'이라

국제신보

총지휘자 大淵中 石東炫군

=우람한 목소리 口令좋아=

石東炫군(大淵中3년15)

아~~ 중학 2학년 때 부터 대대장(?)을 지낸 석동현의 늠름함을 보라~

15살의 나이,
1m 71의 훤칠한 키에 61kg의 몸무게~
아~~ 목소리는 어찌나 큰지~~~ ^^

목청큰 학생회장

총지휘자 石東炫군

전국소년체전 당시 신문에 난 기사(1975. 4.)

49

고 크게 신문에 났다. 쟤네 아버지가 신문을 보고는 "예사로 볼게 아니네" 하였다.

대구에서도 다른 곳에서도 전화가 오고 특히 성남초등학교 교감선생님을 비롯 이두억 선생님과 육성회장, 이사들까지 전화통에 열이 날 정도였다. 그 다음날부터는 오전 수업만 마치면 체전 본부에 가서 훈련을 받는데, 육사 생도가 파견 나와서 연습을 시키면서 목소리가 멀리 가도록 내려면 배에서 나와야한다고 배를 팍팍 쳐서 허리띠를 매기도 어렵고 배에는 손대면 아프다고 야단이었다.

아침마다 생계란을 먹고 가는데 제일 걱정이 연습을 심하게 하다가 목이라도 쉬면 막상 행사 당일날 소리가 안 나오면 개회식을 망칠 판이니 염려를 안 할 수가 없었다.

5월 3일 예행 연습날 성남초등학교 육성회부회장 양해주 씨가 구덕운동장 현장까지 내려가서 기념사진 촬영을 해 주셨고, 개회식 당일 표는 구하기 어려우니까 예행 연습날 성남초등학교 육성회 이사들과 참가 선수 인솔교사 몇 분이 같이 참석하여 동현이를 보고 박수를 치며 격려해 주었다.

전국 소년체전 개회식

소년체전본부에서 동현이 몫으로 로얄석 표가 두 장이 나왔다.

한 장은 아버지가 쓰고 한 장은 일반석으로 외할아버지가 참석하셨다. 나는 집에서 TV에 나오는 것을 보고 카세트로 녹음하였다. 녹음 과정에서 잡음이 들어갈까봐 텔레비전 정면에다 '말을 하면 안 됨'이라고 써 붙여 놓고 공장 종업원, 가정부 등 온 가족이 시청하면서 기침이 나올라하면 뛰쳐나가고, 웃음이 나면 입을 가리고 조심을 했는데도 녹음한 테이프에 잡음이 섞여 깨끗하지 못했다.

개회식이 끝나고 쟤네 아버지가 오셔서 "박찬종 국회의원과 나란히 앉아서 관람을 하였는데, 그분과는 참 가깝게 지내던 터이라 서로 농담이 오가는 과정에서 동현이가 정치인이 꿈이라고 신문에 났던데, 중3이지만 정치판에서 나랑 같이 뛸지도 모른다"는 말을 하시더라는 말이 생각난다.

예행연습 때는 직접보고 개회식 중개방송을 보니 2만여 군중 앞에서 박수를 받으며 대형 태극기 바로 뒤에 씩씩하게 총지휘자인 동현이가 들어오고 그 뒤에 악대부, 뒤를 이어 각 시도 선수단이 입장하여 질서 정연하게 선 다음 지휘자의 구령에 맞춰서 움직이는 선수들이 보기에 좋았다. 선수 선서는 유광우가 하였다. 석동현 유광우 두 명 모두 성남초등학교 출신이라 모교에서는 경사가 났다고 야단이었다.

부산에 구덕운동장이 처음 만들어지고 전국체전이라는 행사가 처음인데 카드 섹션을 보니 참 신기했다. 그 당시 입장료는 얼마였는지 기억이 없지만, 암표도 있고 꼭두새벽부터 줄을 섰다는 소문

구덕운동장에서 열린 전국소년체전의 총 지휘를 맡은 동현이(1975. 4.)

도 들렸다. 참 옛날이야기다.

　지금이야 세계 올림픽이다, 아시안 게임이다, 굵직한 행사에 비하면 요즈음 누가 소년체전을 보러 가기나 하겠나. 20, 30년 전 까마득한 옛날을 회고하면서 즐거웠던 한 시절 추억으로 남아 있다. 자식을 키우는 엄마만이 느낄 수 있는 감격을 새삼스러이 혼자서 되새기며 입가에 웃음을 짓는 것은 얼간이 엄마가 아닌가 생각해 본다.

중학생 퀴즈왕대회에 출전

　대연중학교의 명예를 걸고 교장선생님의 추천서를 받아 중학생 퀴즈왕에 도전을 한다고 방송국에 신청을 학교에서 한 걸로 알고 있었다.

　어느 날 학교에 가면서 "오늘 몇 시에 중학생 퀴즈 시간에 꼭 보세요. 내가 오늘 방송국에 나갑니다" 하고 학교에 갔다. 온 식구가 텔레비전 앞에 모여 앉아 보는데, 다른 학생들이 할 때는 예사로 봤는데 동현이가 하는 것을 보고 있으니 가슴이 뛰고 조마조마한 기분이 들어서 손에 땀이 다 나더구만.

　조계식 아나운서 사회로 중학생 퀴즈시간이 진행 되는데, 4명이서 두 팀으로 나누어 승자 두 명이 결승에서 20문제를 끝까지 겨루다 동점이 되자 추가로 한 문제를 더해서 승부를 가리게 되었다.

　동현이와 상대편 학생이 부저가 동시에 울리는 것 같은데 상대편 학생이 조금 빨랐다. 정답이 나오니 애석하게 지고 말았다. 그 순간은 피가 마를 정도로 가슴이 조이는 걸보면 승부욕은 똑 같으니까 선의의 경쟁이지만 참 무서운 것 같았다.

　그 시간에 텔레비전을 본사람 몇 분이 "아이구 동현이가 끝까지 잘 했는데 참 안됐다"며 "참가에 의미가 있는 것 아니냐?"라고 애석한 장면을 보고 위로 전화가 오곤 했었다.

　그때 무슨 참가 상품이 있었는데 오래 되어 기억이 없구나.

04 고3병 그리고 서울대학교 법대 진학

고3병을 앓으면서

예비고사를 보고 본고사를 치르는 입시제도로 인해 과외 열풍이 심하고 학생들에게 무리라는 이야기가 있어서 이듬해부터는 학력고사만으로 대학을 간다는, 곧 입시제도가 바뀐다는 발표가 났다. 동현이가 1979년도 마지막 예비고사 본고사를 치르게 된 셈이었다.

입시사 월간지에서 나오는 예상 점수표에는 예비고사 성적이 300점 넘어야 서울대를 응시할 수 있었다. 입시사를 볼 때마다 엄마로선 마음이 조여서 일류 영수 선생님께 과외를 받았으면 권해도 보았고 다른 학부모들의 그룹과외를 같이 시키자는 제의도 많이 받았으나 계속다니던 학원을 고집하니 도리가 없었다.

부산학원을 끈질기게 다녔다. 아침에 도시락을 두 개씩 가져가서 학교에서 바로 학원을 가서 밤11시 넘어서야 집에 오니 학원은 걸어서 오가는 거리라 마중을 가다 보면 학원 문앞 가까이 갈 때도 있고, 중간에서 만나면 가방을 받아들고 "무거운걸 보니 공부 많이 했나봐" 하곤 했지. 위장병이 나서 약을 달여서 보온병에 넣어 갈 때도 있고 죽을 끓여서 수위실에 갖다 놓기도 했다.

본인도 불안했던지 정보도 들을 겸 여름방학 때는 서울에 있는 학원을 가고 싶다고 했다. 방학을 시작하던 날, 한 달 지낼 옷가지를 꾸려서 밤열차를 타고 새벽에 서울에 도착하였다.

아침을 먹고 동현이는 등록할 학원을 알아보기로 하고, 나는 숙소를 알아보고 정해 놓았다. 내 친구들에게 연락했더니 그날 저녁에 친구 서너 명이 와서 식사를 같이 했다. 동현이 공부 잘 하는거 소문 들었다고 한 달이라도 서울에 와서 하면 도움이 된다고 했다.

동현이는 "학원에 수업을 듣고자 하는 과목선생님은 정원을 이미 넘었으니 서울에 있을 이유가 없다고 다시 내려가자"고 했다. 하룻밤을 자고 내려가야겠는데 한 달 숙식비 낸 것을 사정을 해서 하룻밤 숙박료와 소개비만 주고 돈을 다시 받아 집으로 내려왔다.

교련 실기대회 학교 대표로

3학년부터는 입시공부에만 전념하고 간부직이나 학교 행사에는 일체 참여 시키지 않는 걸로 알고 있었는데 어느 날부터 교련복을 싸가지고 갈 때도 있고, 교련복을 입고 갈때도 있기에 "무슨 교련시간이 매일이냐" 했더니 "부산시내 교련 실기대회에 1, 2학년이 출전하는데, 체육부장도 잘하지만, 대회 나갈 동안 며칠만 지휘를 한다"라고 하였다.

"학교에서 공부만 하면 됐지 그런거는 왜 하느냐"고 했더니, 교련선생님 부탁을 거절 못해서 며칠간이니까 연습해 본다고 했다.

며칠 후 행사 날 소년체전 때 생각도 나고 해서 카메라를 들고 공설운동장에 가 보았다. 각 학교별로 씩씩하게 줄지어 입장하는 모습이 연습을 많이 한 것 같이 보였다.

심사위원석 앞을 지나 운동장에 사열하는 광경이 흡사 군인들 같았고, 중대장인지 지휘자인지 동고 학생 맨 앞에 걸어가는 동현이 사진을 찍으려고 관람석 맨 아래까지 가서 카메라 렌즈를 맞춰도 거리가 멀어서 동현이 정면 사진은 어려웠다.

참가한 전체 고등학교 중에서 동고가 입상을 해서 동현이 체면이 섰다고 했다. 중학교 때 소년체전 총지휘자를 했던 재주가 고등학교에서도 실력 발휘한 셈이 되었다.

간부학생들의 전방 순례

부산시내 전체 고등학교 간부학생들이 전국 전방순례를 떠나던 날, 챙겨서 보내고 조방터(모이는 장소)까지 가 보았다. 교련복 입은 학생들과 지도교사, 장학사와 교육감께서도 나와 계셨고 전세 관광버스가 여러 대 서 있었다.

먼발치서 보니 정돈해서 모두 서 있는데, 맨 앞에 서 있는 동현이가 중대장 같았고 떠나기 전에 동현이랑 교육감이 악수하는 모

고등학교 간부학생 전방순례를 가던 도중 동현이와 벗인 양중식(1977. 7.)

습도 보였다. 뒷날 악수하는 모습을 찍은 큰 사진을 받아왔었다. 버스에 분승하여 출발하는 것을 보고 집으로 왔다.

2박3일 일정을 마치고 무사히 귀가하였다. 돌아와서 재미나는 여러 이야기 중에서 지금도 생각나는 것은 일선 장병에게 위문품을 전달하고 오는 길에 국회의사당에 들려 구경을 하였다고 했다.

그 때 박찬종 국회의원께서 법사위원이어서 학생들을 맞아 안내를 하더라고 하면서 자기가 중대장이라 맨 앞에 가면서 인사를 하니 아버지 안부도 물으시고, 이야기를 서로 하여 장학사 선생님께서 놀라면서 "국회 의사당 안에도 동현이는 아는 분이 있네" 하시더란다.

박 의원께서는 중 3때 전국소년체전 총 지휘자 할 때부터 일면식이 있기 때문에 기억하고 계셨던 것 같았다. 그때 인솔하고 가신 장학사 선생님은 동고에만 오시면 교무실에서 꼭 동현이를 불러서 보고 가신다는 이야기를 담임선생님을 통해서 들었다.

후일 서울대학 합격 후에 그 장학사 선생님께 인사를 간 걸로 기억되고 사법시험 합격 때는 축하의 전화도 받았다.

초조한 엄마의 마음

목표는 서울대학을 노래삼아 말해놓고 엄마의 마음이 초조할진데 본인은 어려운 관문 앞에 말할 여지도 없겠지만, 엄마인 내 입장에서는 부산에서 일류라 일컫는 영어, 수학선생님께 과외수업이라도 받았으면 싶기도 하였다.

불안한 마음에 걱정이 되어 남의 이야기라도 할라치면 "어머니는 남이 걱정한다고 덩달아 걱정하지 말고 가만히 계시면 제가 알아서 다 할테니까 아들을 믿고 염려 마시라"고 했다.

오히려 엄마인 내가 위로 받는 입장인 것 같아 "그래 걱정 안할게" 해 놓고 또 금방 마찬가지….

지금 생각해도 그때로선 그럴 수밖에 없었던 것이 온 집안에서 서울대학에 들어 간 사람이 한사람도 없을뿐 아니라 큰아버지와

고등학교 졸업식때 맨 앞에 선 동현이(1979. 1.)

우리내외의 기대가 너무 컸기 때문에 상대적으로 불안감이 더 큰
것은 사실이었다. 만에 하나 떨어지면 재수가 불가피 할테고 재수
하는 학생, 부모 이야기를 들으면 아찔하니 마음이 더더욱 조일 수
밖에.

수험생 엄마 둘만 모여도 어느 절에 기도 가자. 절마다 합격불공
을 드리느라 구례화엄사, 청연암, 통도사, 해인사, 백련암, 청도운
문사 등등 절 구경을 잘했지.

기도라는게 그때 마음에 위안이 되고 불안 심리에서 좀 벗어나
는 것 외에 정작 공부에 도움이 되는 것은 아닌성 싶었다.

300점이 넘어야 서울대학교에 원서를 넣을 수 있다는 점수 예상
표를 보고는 300점을 넘게 예비시험을 잘 보게 해 달라고 부처님께

빌고 할 때는 300점이라는 숫자가 눈앞에 아른거리고, 참으로 바보 같은 여느 엄마와 똑 같은 심정이었지. 그저 '무슨 짓인들 이쯤이야 못해' 다짐하면서 우리 동현이가 저렇게 열심히 하는데….

밤11시가 넘어서 '지금쯤 오나' 하고 부산학원 방향으로 마중을 나가면 책가방을 받아들고 "얘 공부를 많이 했는지 굉장히 무겁다" 하면 씩 웃고, 어떤 날은 마중을 나가다 보면 학원길 반쯤 넘어 갈 때가 허다했다.

서울대학교 법대에 지망

'지성이면 감천'이라더니 그렇게 열심히 공부를 하였으니, 320점 만점에 306점을 받았으니 정말 대단했지.

300점 이상이 500명 선이었으니 전국 등수 통계를 내보니 300~305점 사이 OO명 305~310점 사이 OO명 310~315점 사이 OO명 315~320점 사이 OO명 통계 등수가 150등 선이니 일단 원서는 넣을 수 있지만, 본고사 준비가 걱정이었다.

예비고사만 치고 발표도 있기 전에 공부깨나 하는 학생은 전부 서울 유명학원에 가서 본고사 준비를 하고, 학교에는 등교도 안 하는데, 불법이라 해도 학교에서 막지도 못하고 있었다. 안 가는 학생만 남아서 하게 되니 서울에 가 볼 생각도 했는데, 선생님들이 극구 말리니까 그대로 남아서 열심히 하는 눈치였다.

원서를 쓰는 막바지에 "법대를 지망하라" 했더니 학교에서는 상대에 가는 걸로 알고 있었고, 동현이도 법대가 마음에 썩 내키지 않는 눈치였다.

집안 사정이나 부모 말도 참고는 하겠지만, 최종 결정은 본인의 의사에 달렸는데, 여하튼 법대를 지망해 주어서 고맙게 생각했다. 큰아버지께서도 법대 가기를 원하셨고 예비고사 성적이 큰 이변이 없으면 될 것 같았으니 자신있게 선택할 수 있었다.

원서는 넣어놓고 시험 칠 날짜는 다가오는데, 내가 서울에 같이 올라가자니 설 대목이라 너무 바빠서 하루도 몸 빠져나갈 형편이 못되니 쟤네 아버지는 "동현이는 혼자 보내도 된다"며, "형님은 어릴 때 일본 동경에 혼자 유학갔다"고 하였다.

그렇지만 아무래도 마음이 안 놓여서 큰아버지를 오시라고 하여, 같이 서울에 올라가서 서울대학교 앞에 여관을 얻어 무사히 시험을 치르고 내려왔다.

합격의 기쁨

하필이면 음력설을 이틀 앞둔 날이 서울대 합격자 발표일이라 큰집에 갈 기차표는 예매해 두고 "시험에 합격하면 큰집에 가고 떨어지면 안 간다"는 동현 아버지 말에 온 집안이 초긴장 상태였다.

발표 전날 문교부에 근무하는 형부한테 알아봐 달라고 부탁했더니 발표 전에 합격이라는 연락을 받았다. 모자간에 껴안고 한바탕 기뻐했던 당시를 이렇게 많은 세월이 흘렀는데도 그때를 회상하니 지금도 눈물이 핑 돌고 콧잔등이 찡해지네.

아들이 서울대 합격도 했으니 기분 좋게 제사 모시러 가더니, "큰집에 가서 그믐날 저녁에 동네 재실에서 온 집안사람들이 모여 맥주 파티를 하고 제사 잘 모시고 온 동네가 떠들썩했다"고 했다.

주위 친한 분들의 축하 전화도 많았지만, 이웃 어른들이 "석사장 돼지 잡고 잔치해야 되겠다" 하시며 재미있는 이야기가 많았고, 참으로 행복했다.

동현 아버지는 가는 데마다 몇 턱을 냈다는 이 기분 좋았던 한 시절 '기쁨은 나누면 배가 된다'는 말을 다시 되새기게 되었다.

서울대 입학식

입학시즌이나 졸업시즌은 지방에 사는 사람이 아들을 서울대학교에 보내 놓고 입학식에 가는 것이 얼마나 즐거운 나들이인가. 아침에 첫 비행기를 타고 교문 앞에 다다르니 동현이 책상 위에서 익히 보았던 대학 마크로 단장이 된 교문 안에 들어서는 순간, '우리 아들이 가기를 그렇게도 갈망하던 대학이 여기였구나' 기뻐하며 그때의 가슴 부풀었던 기억들이 지금도 잊을 수가 없구나.

관악산 자락에 자리한 넓고 넓은 면적에 여기저기 큼직한 건물이며 잘 가꾸어진 잔디밭, 갓 돋아난 잎새며 어느 하나 빠짐없이 전부다 보기에 신기하고 사랑스럽고 이 안에서 얼마나 많은 인재

들이 탄생될까. 보이는 사람마다 얼굴에 웃음이 가득한 천사처럼
보였고, 이 세상을 다 얻은 기분이었다.

진한 감색 교복은 왼쪽 어깨에 대학교 마크가 붙어있었고, 베레
모에 단정한 교복차림이 고등학교 때보다 훨씬 보기에 푸근하고
성숙해보였다. 법과대학 건물, 기숙사 건물, 도서관을 골고루 구경
하고, 동생이 참석하여서 화곡동 동생 집에 가서 하룻밤을 지내고
내려오는 기차 안에서는 기쁨과 서운함이 교차되었다.

아들을 군대 보내 놓고 눈물짓는 주위의 친구들도 보았고, 서울
에 아들을 대학 보내고 하숙집에서 울면서 내려 왔다는 이야기를

서울대학교 법대 입학식 마치고 기숙사 앞에서(1979. 3.)

들을 때, "서울대학만 가면 나는 춤추며 오겠다"고 큰소리치면서 친구를 놀려 줬는데 나 역시 그게 아니었다.

역시 엄마의 심정은 같구나. 나도 별수 없구나. 속으로 삭이면서 부산 집에까지 왔다. 서울 가기 전날 아파트로 이사를 해 놓고 갔으니 이삿짐 정리를 며칠간 하면서도 마음은 서울에 가 있었다.

아무래도 일이 손에 잡히질 않아서 2주일 후에 다시 봉천동 언니네 집에 가서 아들이랑 같이 하룻밤을 자고, 학교에 가서 기숙사 방에도 가보고, 학교 식당 밥도 먹어 보고, 필요한 것 몇 가지 사주고 내려 와서는 차차 안정이 되었다.

여름방학 때 서울친구들을 데려와서

서울로 대학에 들어간 이후 몇 번 다녀가긴 했는데, 여름방학이 시작되자 어느 날 친구 몇 사람과 같이 집에 내려온다는 동현이 연락을 받았다.

아들이 친구랑 내려온다니까 동현이 아버지가 너무 좋아하는 모습은 보기 드문 광경이었다. 나는 나름대로 집안이 소란스럽게 이것저것 준비를 해 놓고 기다리고 있는데 집에 들어오는 청년들 행색이 말이 아니었다.

방학이 시작되자 바로 지리산 등산을 갔다가 배낭 차림으로 비를 흠뻑 맞아 왔으니 반가우면서도 놀라서 웃음이 터졌다.

며칠을 다니다가 왔는지 들어서자마자 목욕탕에 교대로 들어가면서 씻고 나오는데 집에 있는 파자마 팬티 다 꺼내 갈아입게 하고 입었던 옷은 세탁해서 말릴 때까지 남의 옷을 입고 있으니 밖에도 못나갔다. 집안에만 있으면서 네다섯 명이 며칠을 지내는 동안 거실에서 놀다가도 문밖에 벨소리가 나면 킬킬 웃으며 방으로 달려가 숨고 하던 일들을 생각하니 참 그때가 한창이었다 싶네.

유철환, 손기호, 임성권… 다 기억은 안 나고, 임성권이는 특히 잘 웃기는 편이라 웃을 일이 한두 가지가 아니었다. 그렇게 다녀간 것이 아들의 친구를 더 정들게 하였고, 유철환, 임성권이는 어머니라 부르고 학교 구내식당에서 여러 번 만나 식사도 한 걸로 기억이 된다. 나도 내 아들처럼 여겨지고 안부도 자주 물어 보는 정이 지금도 잊혀지지 않는다.

데모대에 가담해서

대학을 가면 다 알아서 판단할 줄 아는 성인이라 생각하고 안심하였더니 전혀 생각지 못했던 일이 일어나고 있었다.

그 당시 시국이 너무나 시끄러운 때여서 지방에 있는 부모들은 누구나 마음 조릴 수밖에 없었다. 박정희 대통령 군사정권 때라 서울의 봄, 군사독재, 장기 집권, 유신헌법 반대니 해서, 대학생 데모대가 서울거리에 끊일 날이 없었고, 최루탄을 터뜨려서 안개처럼 자욱한 거리에 전경들이 학생들을 끌고 가는 광경이 매일 뉴스에 나오니 집에서 보고만 있을 수도 없었다.

서울에 가보니까 밤에는 교내에서 과별로 데모를 하고 밤낮으로 데모 이야기만 하지 공부하는 것 같지 않아서 기가 막히는데, 한다는 말이 "학생들이 이 나라를 바로 잡아야지, 그냥 두면 나라꼴이 말이 아니라나." 무슨 애국자나 된 것처럼 "알아서 할테니 걱정 말고 내려가시라"고 하였다.

"그래, 믿고 가마. 너무 설치지 마라" 하고 내려 왔는데 어느 날 저녁 텔레비전을 보니 서울거리에는 소나기가 쏟아지는데 대학생들이 전경대와 맞서서 데모하는 모습은 차마 눈뜨고 보기가 무서울 정도니 지방에 있는 부모는 누구나 그날 밤에 잠 못 자고 애태웠을테지.

"동현이가 저 속에는 없어야 할텐데" 하면서 세홍이네, 미숙이네 기숙사로 전화를 해도 연락이 안 닿으니 아무래도 저 데모대 속에 들어 있다 싶어서 계속 뉴스를 보다가 날만 새면 서울에 가야겠다고 하니 동현 아버지는 "서울에 공부 하러 간게 아니고 일낼 놈이니 빨리 데리고 오라"고 야단이다. 밤새 잠도 제대로 못자고 있는데 새벽녘에 미숙이네 집에서 연락이 왔다. 동현이가 "왔노라"고 "옷이 다 젖어서 들어와 친구까지 아들 옷을 입혀서 자게 했다"는 전화를 받고는 잡혀가지는 않았으니 마음을 놓긴 해도 하루 이틀에 해결 될 일이 아니었다. 데모에 낙인이 찍히면 법대에 가서 고시를 패스해도 발령도 안 나고, 심하면 재학 중에 군에 입대하고 또 제적당하는 학생도 있다하니 걱정이 이만저만 아니었다. 그나마 여름방학을 앞당겨서 하는 바람에 집에 일찍 내려와 다행이다.

10·26 박정희 대통령 시해사건 때

대학교 1학년 1학기 동안 계속 데모로 어수선하던 정국이 2학기 들어서 10월 26일 박 대통령 시해사건이 있던 날 새벽 우리 방송 시작 전에 일본 방송에서 박정희 대통령이 저격을 당했다는 뉴스가 보도되어 너무나 놀랐다.

낮에는 호외 신문으로 또 우리 방송에도 계속 나오는데 계엄령이 선포되고, 각 대학은 휴교령이 내려 연고대, 서울대 교문 앞에 무장군인이 서 있는 텔레비전 화면을 보고 또 놀라지 않을 수가 없었다.

전국이 발칵 뒤집혔는데 동현이는 어디 있는지 연락이 안 되니 기숙사와 서울에 아는 집마다 전화를 해도 아무도 모른다 하고, 걱정을 얼마나 하고 있는데 뒤늦게 저녁때 내 친구한테서 "너그 아들 내장산 갔다 왔단다"고 연락이 왔다. 전화를 바꾸는데 그때 뭐 내가 예쁜 말이야 했겠나. 들어보니 "내장산에 단풍놀이 가서 한창 놀고 있는데 라디오를 들으니 대통령 저격 사건 소식을 듣고 지금 왔는데, 학교에 가니까 교문 앞에 군인들이 지키고 있고, 학교 출입 금지네요" 한다.

기숙사에 있는 책이랑 옷이랑 못 꺼내니까 어떻게 해요. 집에 내려오기가 난감한 듯이 말 하더니 차비는 빌리고 집에 와서 한다는 말이 "인제 실컷 놀았으니까 앞으로는 마음먹고 공부하겠다"고.
1년을 정신없이 지낸 한해였다.

05 사법시험의 고비를 넘다

사법시험 1차 합격

시험제도가 1차 시험 합격하면, 2차 시험은 두 번 칠 수 있다니 3학년 그 해보다 4학년을 기대 한다며 1년 반은 여유가 있어서 느긋한 기분으로 공부는 안했지만, 경험삼아 2차 시험장에 가 본다기에 나도 같이 가봤다. 국제대학에서 치는데 꼭 기대하고 간 것이 아니니 마음은 느긋했으나 내년에는 사정이 다르겠지.

동현이는 놀러온 사람처럼 여유가 있어 보이고 윤형모 선배라고 인사를 하는데 수염도 깍지도 않고 공부에 지친 얼굴을 보니 마음이 안쓰러웠다.

시험을 다 마치고 윤형모랑 같이 가서 식사를 하고 헤어졌는데, 그 뒷날 윤형모가 합격하여 신문에 난 것을 보고 내 아들이 합격된 것 처럼 기분이 좋았다.

'내년에는 우리 동현이도 꼭 합격해야 할텐데…' 싶은 생각이 간절했다.

4학년 때 2차 시험을 치르면서

서울대학 법대생이면 누구나 다 사시에 도전 하는 걸로 알았고, 더구나 졸업 전이니 공부할 것도 많을터인데, 2차 시험 준비를 하느라고 하숙집에서 도시락을 싸가지고 나가면 밤12시나 들어오고 계속 도서관에 있었다.

내가 올라가도 얼굴 보기가 좀 어려우나 신경이 쓰여서 매달 올라가기는 하면서 갈 때는 미리 아무 날 학교 구내식당 몇 시에 간다고 편지를 보내고 나서, 그 시간에 구내식당으로 가면 유철환, 임성권 몇몇 친구랑 같이 올 때도 있으면 같이 식사도 했지.

이 친구들은 "어머니 신경 쓰지 마세요. 동현이는 이번에 꼭 될 겁니다." 교수님도 동현이는 틀림없이 된다고 믿는다나. 그런 말을 들을 때는 기분도 좋고 잠시 위안은 될지언정 꼭 믿을 수 없는 일이 아닌가.

선의의 경쟁이지만, 본교 학생이야 대다수 된다고 다 자부하는 수재들이니 그 중에 누구냐가 문제 아니겠나, 6월 22일 2차 시험 날짜는 벌써 공표되었고, 이번에 합격하면 문제는 간단하지만, 만에 하나 떨어진다면 내년에는 대학원 시험 쳐서 들어가야 군대 문제가 해결되고, 1차 시험이 통과해야 2차 시험을 볼 수 있으니 심각하게 생각을 안 할 수 없었다.

공부하느라 수척해진 얼굴이 제대로 먹지도 못하는 것 같아서 안쓰럽기 짝이 없었다. 인척 중에는 7전8기에도 결국 포기하고 세무서에 취직하는 이도 보았다. 고시 병에 폐인이 된 사람도 있다고 떠도는 말을 들은 것이 나를 마음 아프게 하는 공상이 들어 잠못 이룰 때도 허다하게 많았다. 불안할 때는 점을 보면 어느 정도 위안이 된다고 해서 신수점을 보니까 내년에는 참 좋은데 올해는 시험이 좀 어렵다고 했다.

2차 시험 전전날 우황청심환을 준비해서 올라갔더니, 청심환을 먹고 시험장에서 잠이 와 시험망친 친구가 있는데, 시험 치르는 중에 잠을 쿨쿨 자다가 옆에서 깨워서 일어났다네. 6월 21일 밤에는 잠을 이루지 못해 둘이서 애를 먹었다.

시험 치는 당일 아침에는 하숙집에서 내가 소고기국을 한솥 끓여서 하숙생들 다 먹으라고 주고 김밥을 싸서 동국대학교가 어디 있는지도 모르면서 시험장에 간다고 따라 갔었다.

입구에 가니까 사람이 좀 많아야지, 300명 모집에 몇 10대 1인데 따라 오는 사람 합쳐서 너무 붐비니까 점심시간에 만날 장소를 약속하고 시험장에 들여보낸 다음, 책가방을 받아들고 동국대학교 큰 법당으로 가서 불전을 넣고 향을 피우고 부처님께 기도하며 시간을 보내고 점심시간에 약속 장소에서 기다리니까 동현이가 나오는데 기분이 참 좋아 보였고, 몇몇 친구들이랑 이야기 하는 눈치만 봐도 시험은 잘 본 것 같아서 더 물어볼 필요도 없었다.

오후에는 법당 문이 닫혀 있어 건물 맞은편 언덕에서 여러 사람과 같이 마치는 시간을 기다렸다. 시험생들이 들어간 건물을 보고 합장하고 앉아 있는 엄마들도 더러 보이고, 부끄럼도 없이 건물을 향해서 절을 하는 엄마들도 보였다.

나이가 상당히 들어보이는 분이 오죽이나 답답해서 저럴까. 여러 번 낙방이라도 하면 그 부모는 다 저래 될거야 이해가 되었다. 마칠 무렵이 되니까 더 많은 사람이 모여서 기다리는 사람도 자기 아들 찾기가 어려웠다.

오후 시험도 잘 본 것 같은 눈치였고, 책가방을 받아 들고 도서관으로 바로 가겠노라고 하여 학교로 보내고 나는 하숙집으로 왔다. 그날도 밤늦게 들어와서는 몇 시간 자지도 않고 이튿날 또 시험장에 갔다. 점심시간에 눈치를 보니까 기분이 괜찮은 것 같아서 마음이 놓였다. 오후에는 시험장에 들여보내고 내 친구 유순자에게 전화를 했더니 "그러면 마치는 시간에 와서 저녁을 사준다"고 하였다.

친구와 둘이서 기다리고 있는데 오전에 시험치고 나올 때와는 너무나 대조적인 모습으로 내 손에 있는 책가방을 싹 받아 가지고 잔디밭에 앉더니 책을 착 펴고 몇 페이지에 있다는 것까지 다 기억하면서 괴로워하는 모습을 보니 기가 막혔다.

나는 말문이 막혀있는데 친구가 "동현아 네가 실수했구나. 계속 잘했다더니 기회는 얼마든지 있잖아" 하니까, "이 한 문제로 나는 1년 고생 더해야 돼요." 하더라고.

내 친구가 "한 문제 틀리는 게 그럴 리가 있나. 결과를 봐야지" 하니 답답해 하며 "다른 과목 다 만점 받아도 한 과목 과락이면 낙제라니까요. 평균 점수를 내면 쉽지만 그래서 어렵지요" 하면서 "마지막 문제는 '법관의 심증'이라는 큰 문제가 아버지 얼굴만 어른거리고 답은 도저히 생각이 안 나고 작은 문제는 그런대로 했는데 큰 문제의 비중이 크기 때문에 마지막 과목은 과락이다"면서 끝장이 났다고 탄식을 하니 나는 옆에서 할 말이 없었다.

돌아오는 택시 안에서 눈을 감고 뜨지도 않으니 친구하고 나하고는 대화도 못하고 저녁 먹으러 가자니까 안 간다며 하숙집에 와서 제 방에 들어가서는 주먹으로 벽을 치고 내일 당장 또 다시 시험을 치면 좋겠다고 하나 이미 주사위는 던져진 것을 어쩌나, 혼자 있고 싶다 해서 나는 친구 집으로 갔다.

이튿날 하숙집으로 전화를 하니 아주머니 말이 "어제 저녁에 친구들 몇 명이 찾아 와도 못보고 되돌아갔다"고 했다.

나도 집에 내려와서는 편지를 써 보내기도 하고 곧 방학이 되면 내려오겠지 하고 기다리는데, 힘이 하나도 없이 어느 날 내려 왔는데, "그래도 결과를 봐야지 힘내라"니까 "결과는 뻔한 것을 볼게 뭐있느냐"고 하길래 "그래도 기적이 있을 수 있다"니까 "기적은 해당사항이 아니라네". 어떠한 말로도 무엇으로도 위로는 하나마나 그때 내 생각에 "오냐 세월이 약이다. 1년 세월이 어서어서 흘러서 다시 시험 봐서 합격한다면 설마 쓰라린 옛날이야기로 남지 않을까?" 했던 일이 그대로 된 것 같다.

사시 2차 시험 발표날

시험 친 날로부터 한 달쯤 되었을 때 조간신문에 사법시험 2차

합격자 중에 수석과 최연소자 합격은 누구라는 신문 보도를 보니 마음이 심란해서 서울에 전화를 해보았다.

하숙집 아줌마 말이 동현이가 나가면서 "나는 떨어졌어요"하더니 "어느 친구 누구가 되었는지 발표장에 가보고 오겠다"고 하며 나갔다는 말을 들으니 참 가슴이 터질 것 같은 심정이었다.

이번시험에 실패한 건 미리 알았으니 시험이 안 되어서가 아니고 우리아들 마음 상해 하는 것이 안타깝지, 시험 떨어진 건 둘째 문제라 생각되었다. 밤늦게 또 전화를 하였으나 하숙집에는 안 들어왔으니 승근이 집으로, 아는 집마다 연락해도 소식을 모르니 별생각이 다 들고 '왜 법대를 보내서 이 고생을 시키나 차라리 상대를 가게 그냥 둘 것이지' 넋두리를 하기도 하였다. 한참 후에 하숙집 주인한테서 전화가 왔는데 "밤차로 시골 큰집에 간다"는 연락이 왔다고 하기에 안심하였다.

이튿날 조간신문에는 유철환 조경란 손기호 가까이 지내던 친구들 이름이 다 보이는데 석동현이 이름은 안보이니 '아, 이제는 떨어졌구나' 마음이 상했다.

아침 일찍 내가 큰집에 올라갈 준비를 하면서 전화를 하니까 "밤늦게 도착해서 큰아버지 앞에 절을 하며 고개도 못 들고 눈에 눈물이 비 오듯이 흘려서 큰아버지께서도 같이 우셨다" 하시며 "아랫방에 가서 자고 있다" 하시기에 바로 나서서 올라가니까 눈이 부어가지고 맥이 하나도 없는지라 "내가 그랬지, 남자가 한번 실패로 이 모양이면 무슨 큰일을 할거냐"고 "기회는 얼마든지 있는데 " 하고 좀 나무랐다. 그리고 나랑 대구에 온 김에 앞산에 케이블카를 타고 산꼭대기까지 올라가서 시내를 내려다보고 놀면서 하루를 보내고 부산으로 내려왔다.

'내년을 기약하면서'란 편지가 왔다

낙방의 고배를 마시고 다시금 정신 차려 내년을 기약한다는 편지가 날아오던 날, 편지를 쥐고 하염없는 엄마의 진한 눈물을 누가 볼세라 훔치면서 읽고 또 읽고 '고마워 그래야지.' 입속말로 뇌이면서 '꼭 내년에는 성취 할거야. 맞아 믿어야지.' 오늘 생각 난 김에 옛날 서울에서 우리 동현이가 보낸 편지들을 모아둔 빛바랜 편지들을 꺼내 보았다.

수많은 편지 중에 이 편지를 읽으니까 새삼스럽게 코끝이 찡하니 눈물이 핑 도는 느낌에 쓰라렸던 과거의 한순간을 잊을 수 없는 소중한 경험이라 해야 하나. 그 한번으로 고배의 쓴잔이 끝난 것이 참 다행이었다는 생각이 들고 고마울 따름일세.

참으로 그때가 나의 호시절이었네.

대학시절과 사법연수원 시절 동현이가 보낸 편지들

서울대 졸업식

1983년 2월 26일 졸업식이 닥쳐오니 큰아버님과 삼촌들께서 "다 참석 하시고 싶다" 하시니 소홀히 할 수도 없고 해서 며칠 앞에 올라가서 비디오 촬영도 하여야겠고 식당 문제도 알아볼 겸 여러 가지 준비 관계로 미리 가서 예약해 놓았다.

동현 아버지는 당일 승용차로 큰아버지랑, 왜관 삼촌은 내외분이 바로 오시고 미숙이 모녀 정환이 친구가 세홍이 형제를 데리고 왔고 동현 외삼촌과 많은 분들이 참석하여 축복해 주었다.

가족끼리 그 넓은 캠퍼스 안을 골고루 구경하면서 비디오 촬영 기사가 중요한 곳만을 골라 찍어 주었다. '4년 동안 거의 매달 한번 씩은 넘나들던 매점 식당 교문이 오늘이 끝이로구나' 싶은 마음이 들었고 다음 차례 이 서울대학에 들어 올 사람이 인척 중에 없을 것 같아서 아쉬운 생각도 들었다.

동현이 아버지는 운전면허를 딴 지가 얼마 안 되어 시원찮은 솜씨로 포니차를 끌고 서울까지 와서는 봉천동 어디에서 남의 차를 받아버려 변상을 해 주고 서울대학 졸업식에 간다니까 학교까지 안내해 주더라는 인심 좋은 분들 이야기며, 일방통행을 모르고 한참 가다가 골목길로 빠지면서 교통 위반을 했는데 부산서 왔다니까 봐주는 교통순경이며, 참 재미있었던 일이 새삼스럽네.

부모님 전 상서

별고 없으신지요
크나큰 不孝로 아버님의 心身가 많이 상하셨을을 압니다
무슨 말씀을 드려 올려야 좋을지 가늠하기가 매우 어렵습니다
저 자신도 아직은 침착을 되찾기가 힘든 지경입니다
시간이 흐르면 다시 평온을 되찾을 것입니다
물론 학교 수업과 자학자습은 이제 부터 성실히 임하고 있습니다

실패의 원인을 곰곰히 생각中에 있는데
결정적으로는 맨 마지막 과목의 과락에 기인하는 것이지만
그 보다는 전반적으로 간투정신의 부족에서 잘못을 찾아 내고
싶습니다 이를테면 시험직전 혹은 시험당시에
갖고 있는 실력을 10분 발휘하겠다는 마음가짐입니다
돌이켜 생각해 볼때 좀 위축된 심리상태였던 것 같고
또 하나 시험기간중 너무 주변이 산만했던 점도
심리적 불안을 가중시킨 요인에 들렀 없습니다
이 점은 선사 솔直했다 하여도 부진한 성적을 낼수 밖에
없게 했을 것으로 생각 됩니다
마지막 시간의 번한 과락는 방심이나 해이 보다도
앞서 그 심리적 불안이 결정적으로 몰아 부진것이 아닌가
나름대로 생각해 봅니다.
분명히 다른 사람들에게 힘들었던 과목을 저는 탈없이
넘겼고 문제된 마지막 과목의 문제는 결코 틀라서 쓸수 없
문제가 아니라고 생각합니다

여하튼 실태는 실패이고 이미 승부는 마감된 지금에 더
달리 무엇을 토로할수가 있겠습니까
다만 합격과 불합격의 갈림길에서 만인의 예상을 뒤덮고
합격한 사람, 만인의 예상을 뒤덮고 불합격한 사람을
더러명 접하는 값진 기회를 지금 맛보고 있는 중입니다

부모님 전상서

별고 없으신지요?

크나큰 불효로 아버님 심기가 많이 상하셨을 줄로 압니다. 무슨 말씀을 드려 올려야 좋을지 가늠하기가 매우 어렵습니다. 저 자신도 아직은 침착을 되찾 기가 힘들 지경입니다. 시간이 흐르면 다시 평온을 되찾을 것입니다.

그러나 학교 수업과 자학자습을 이제부터 성실히 임하고 있습니다.

여하튼 실패는 실패이고 이미 승부는 마감된 지금에 와서 달리 무엇을 토로 할 수 있겠습니까. 다만 합격과 불합격의 갈림길에서 만인의 예상을 뒤엎고 불합격한 사람을 여러분 면접하는 값진 기회를 지금 맛보고 있습니다.

다행히 주변 친구들이 고마운 위로와 격려를 아끼지 않아서 예상치 못했던 진한 우정을 느끼는 계기도 되었습니다.

이제 또 다시 소식을 묻는 타인에게 제 입으로 떨어졌다는 말을 해야 하는 몸서리치는 경험을 하기는 죽어도 싫습니다.

당락은 간발의 차이인데도 와 닿는 느낌은 천길 만길 차이라도 되는가 싶습 니다.

아버지와 어머니께서 무척 실망 하실 것을 뼈아프게 느낍니다.

새벽녘에 문득 잠이 깨면 자꾸 억울하다는 생각으로 참기 어려운 눈물을 며 칠씩 맛보았습니다.

좌절이나 절망 따위는 하지 않습니다. 값진 경험으로 생각하려 애쓰고 있으 며 내년에는 시험이 조금 앞당겨진다하니 길어야 일 년 모자라는 점을 보완 해서 꼭 성취의 기쁨을 드릴 수 있도록 노력해 보겠습니다.

장학금이 오늘 나왔습니대[증서를 가지고 우체국에 가시면 찾을 것입니다 아 버님 시계를 마련하시는데 쓰십시오].

안녕히 계십시오.

1982년 8월 30일
동현 올림

사법시험에 재도전

졸업년도 첫 번째 낙방의 고배를 맛보며 마음 아파했던 만큼 성취의 기쁨도 그만큼 컸다. 졸업 전에 대학원 시험에 합격되어 군입대 문제가 해결되므로 가뿐한 기분으로 졸업식을 할 수 있었고, 또 사시 1, 2차 시험에 도전할 수 있는 기회를 확보한 셈이다.

재학 중에는 마냥 자신에 차 있었고, 낙방의 쓰라림이 어떤지도 모르는 상태에서 나는 그저 즐겁게 따라 가는 건지, 놀러 가는 건지 좋아했었고 마음속으로만 간절하게 바랄 뿐이지, 동현이한테는 아무런 도움이 되지 못했다.

그런 중에 2차 사법시험 마지막 날, 한 과목 한 문제를 실수하여 동국대학교 뜰에서 탄식하던 그 모습이 눈에 어른거려 얼마 동안 가슴 저려옴을 참느라 애를 먹었던 기억들을 잊어버리려고 애쓰며 다시 고생하는 아들의 모습을 지켜보면서 만에 하나 되풀이 될까봐 마음 조이며 무엇 하나 도와줄 수 있는게 없을까. 대신해 줄 수도 없는 노릇이고 가끔 하숙집에 가서 보고만 오는 정도였다.

아침에 무거운 가방을 들고 나가면 저녁 늦게 돌아오는 수척해진 얼굴을 보노라면 내가 법대 지망하기를 원했던 것이 후회도 되고 선택이 잘못된 건 아닌지.

서울 내 친구 집에 가서 넋두리를 하면 위로해 주는 친구도 많았지. 한번은 "너 법대간 거 후회 안 해"하고 물었더니 "아니요. 한번

동현이와 서울대학교 졸업식장에서(1983. 2.)

도전해 볼만 한대요 뭐"하고 씩 웃더라고.

　1학년 어느 날, 처음 기숙사에 들어가서 학교에 갔더니 무슨 대화 중에 "나는 법대 간거 잘한거 같아요. 나는 제일 멋쟁이 판·검사가 되지 시시하게는 안 할거예요" 라던 말이 생각나서 나는 마음속으로 '그래 꼭해 낼거야' 하고 믿었다. 생각대로 1, 2차 시험에 무난히 합격하여 3차까지도 잘해줘서 고마웠다.

성주 고향에서는 증조할아버지께서 이루어 놓으신 삼산당 재실에서 종친 어른들과 고향 친지들이 환영 잔치를 베풀어 주시며 성취의 기쁨을 함께 나누는 좋은 기회도 있었다.

사법시험에 합격

부산 주위에서나 고향에서 아는 분들마다 축하해 주시고 기뻐해 주시는 만큼 더욱더 걱정 되는 것이 300명 합격자가 2년 연수를 마치면 판·검사 발령은 절반 밖에 못 받는다 들었고, 성적 순위로 발령이 난다는 걸 알고 보니 이 또한 만만치 않은 형편이라 인사를 많이 받아 놓고 마지막 한고비가 더 어려우니 어미된 욕심에 한번만 더 무사히 발령받는 기회가 되면 더는 애태울 일이 없으련만….

멀고면 험준한 코스를 애써 달려온 마라톤 선수가 골인 지점에 다와서 밀려나면 아무 소용없는 것이나 다를바 없으니, 사법시험이 전부는 아니었다. 사시 합격한 것을 두고 주위에서 판사가 된 것 같이 말하는 분이 많은데, 2년 연수 후에 발령을 못 받으면 이 노릇을 어이 할까.

각종 모임에 나가면 "판사 아버지, 판사 엄마" 라는 별칭을 붙이니 웃어넘기기는 해도 우리 내외는 부담스럽기도 하고 은근히 걱정스러웠다.

만에 하나 발령을 못 받으면 발령시험이 있는 것도 아니고, 이번에 밀려나면 변호사는 한다지만, 이 시점에서 체면 문제가 있으니

삼산당 재실에서 동현이 사법시험 합격 축하 잔치할 때(1983. 9.)

신경이 무척 쓰였다. 연수원에서 1년을 마치고 2년차는 검사 시보
와 변호사 시보를 서울에서 마치고 마산에서 판사 시보를 받던 어
느 날 "판·검사는 매력이 없으니까 유학을 가서 공부나 더 해가지
고 대학 강단에 서고 싶다"는 말을 듣는 순간, 나는 너무나 놀랐다.
'아무래도 제가 발령권에서 자신이 없으니까 도피하기 위해서 하는
말이구나.' 아찔한 생각이 들어서 어이가 없었다. "얘, 최선을 다해
서도 안 되는 것은 도리가 없지만, 끝까지 노력해서 발령 받은 다
음에 진로를 바꾸어도 늦지 않는 것 아니냐. 미리부터 유학을 생각
하고 소홀히 할 필요는 없잖아"라고 충고는 했지만, 속마음을 말하
기가 어려웠다.

　설마 하였더니 졸업 때는 우수하게 성적이 발령권에 들어서 마

오른쪽 두 번째 석동현이라는 이름이 보인다(1983. 10.)

음이 놓였다. 그리하여 첫 발령이 부산지검으로 나서 금의환향한 셈이 되어 당당한 검사 자리에서 계속 열심히 자기 본분을 다하는 것을 보며 앞으로도 계속 더 잘 하기를 간절히 바랄 뿐이다.

글을 끝맺으며

우리 동현이의 학창시절 추억이자 나의 청춘시절 아름다운 추억을 더듬어 기억해 새록새록 생각나는 대로 조삼조삼 담아서 서투른 글솜씨로 써 보니 잊어버리고 사는 것 보다 괜찮은 것 같다.

30년 전 일들이 주마등처럼 떠오르는 옛 추억을 참으로 되돌려

맛보고 싶은 즐거웠던 일 또는 쓰라렸던 일들 입가에 웃음을 띠우고 그저 내 기억력을 테스트 해 보는 셈치고 생각나는 대로 가감 없이 써 본다.

60고개를 훌쩍 넘어 열심히 써 놓은 어미의 정성을 헤아려 곱게 봐 주었으면 하는 바람이다.

사법연수원 시절진해군항제에서 가족과 함께(왼쪽부
터 둘째아들 동현, 동현 아버지, 나, 큰아들 동옥 1984. 5.)

동현이 사법연수원 수료식 날(1985. 12.)

진해 충무공 이순신 동상 앞에서
나와 동현 아버지

2장

눈물샘이 고장 났나봐
– 황혼의 길목에서

01 동현이 아버지에게 찾아온 병마

김포공항에서, 동현이를 미국으로 보내던 날

1998년 9월 5일 아침, 세상이 허무하다. 한치 앞을 모르는 게 인생살이라지만, 몸에 병을 지니고도 아옹다옹 산다는 것, 참 부질없는 허세인 것 같다.

굽이굽이 참을 일도 많고 넘어야 할 고개가 너무나 많구나. 나도 여태까지는 참 행복하다는 말을 종종 들었는데 나를 보호해 줄 그 사람이 담도암 말기라니 하늘이 무너지듯 기가 막혔다.

왜 이런 중병을 얻었을까.

머지않아 떠날 사람이 아닌가. 옆에서 지켜보는 내 마음이 이렇듯 괴로운데, 당사자의 심정은 오직하랴. 그제만 해도 설마 했더니 이런 날벼락이 어디 있단 말이요.

내 아들 딸 손자 손녀가 자라서 일하는 모습을 지켜보고 흐뭇해하면서 기대에 부풀은 그 사람이 먼저 이 세상을 떠난다면 나에게 무슨 의미가 있단 말인가.

여보, 제발 회복하여 우리 아이들을 돌봐 주고 지켜 줍시다.

서울에 동현이 식구들은 아무것도 모르고 있으니 어찌하면 좋을는지. 내일은 동현이가 미국으로 업무차 떠나는데, 오늘 올라간다고 약속을 하였으니 오후 2시 비행기 예약을 해 놓은 터이라 오전에는 메리놀병원에 아버지를 입원시켜 놓고 동현이 집에 올라갔다. 가족은 모두 한 달 전에 미국에 가 있었으니 빈집이었다.

친구를 불러서 앞 상가에서 저녁을 먹고 진심을 털어놓고 하소연을 하고 위로 받으며 시간을 보내고 있으니, 동현이는 여기저기 인사 하느라고 밤늦게 들어왔다.

서울에 올라올 때 "자기가 아프다는 말을 동현이한테는 절대로 하지 말고 떠나보내자"는 약속을 했기 때문에 조심을 해야지 다짐하면서 순간순간 넘기기가 참 어려웠다.

9월 5일 아침, 오늘은 출국 하는 날, 부산 집에 계시는 아버지께 인사한다고 수화기를 드는 동현이 뒷모습을 보는 순간, 나는 기가 막혔다. 아버지가 전화를 받을 리가 없지. 어제 메리놀병원에 입원시켜 놓고 와서는 아들에게 거짓말로 "아버지 등산 가셨을거야." 에둘러 말했다. 올라올 때 틀림없이 집으로 전화해서 인사 할터이니 부산에서 자기가 전화하기로 말을 맞추었다.

조금 후에 전화가 왔는데 쟤네 아버지 전화였다. "잘 다녀오마"고 인사를 나누고 나를 바꾸라는 말인데 전화기를 받아서 듣기는 했는데 목이 메여 말이 안 나오고 눈물이 먼저 나와 나중에 하기로 끝내고 부엌에 얼른 가서 눈물을 훔쳤다. 낮에는 어느 친구가 차를 갖고 와서 짐을 챙겨 싣고 공항을 가는데 나는 뒷좌석에 앉아 있으니 왜 또 눈물이 나는지.

겨우 참고 있는데 동현이는 지금가면 몇 달 걸리니까 시골 큰어머니 대구 삼촌한테 전화를 하더니 큰어머니한테는 어머니 바꾸겠다며 수화기를 넘기는데 음성이 이상 했던지. 뒤를 돌아다보고 "4개월 금방 갑니데이." 하는 말에 "그래 맞아" 하고 멋쩍어서 말을 돌렸다.

  공항에는 전송 하러나온 친구들이 많았다. 시간이 남았다고 차 마시러 가자는데 나는 생각도 없을 뿐 부산가는 국내선으로 가겠다고 했다. 다시 그 친구차로 국내선으로 이동하는데 주차장까지 동현이가 따라 와서 인사를 하고 헤어졌다.

  국내선 김포비행장 대합실, 부산행 6시 30분 비행기 시간이 조금 남아 있었다. 분주하게 왔다 갔다 하는 사람들 모습, 그중에 한 사람 나홀로 비탈길을 위험하게 내려가는 것 같은 기분이 들었다. 어제 병원에다 입원시킨 그이의 병 생각만 해도 세상 벼랑 끝이 곧 오고 있는 것처럼 불안하다.

  방금 전에 국제선 비행장에서 우리 아들 동현이와 헤어지면서 가슴으로부터 아려오는 아픔을 참는 것이 어려웠다. 아버지는 중병을 갖고 병원에 계시는데 집에 잘 계시는 양 기분 좋게 보내려고 애쓰며 눈물을 감추고 다독이면서 아들을 보내는 이별의 서운한 눈물인양… 삼켜야 했다.

  업무차 떠나는 아들에게 걱정꺼리를 안기지 않고 보내어 근무 잘 마치고 돌아올 때까지 아버지가 완쾌하면 얼마나 좋을까. 최선을 다해 치료해 봐야겠다고 다짐해 보지만, 뜻대로 될는지 모를 일이다.

동현이 생각을 하면서

9월 5일 김포공항에서 헤어지던 날, 이 어미의 아픔을 네가 어찌 감지하였으랴. 먼 이국 만리에서 귀여운 딸, 사랑하는 마누라와 오순도순 살면서 업무차 미국까지 가서 바쁠 터인데, 떠난 지 일주일밖에 안 됐는데 어이없는 슬픈 이야기를 알려서는 안 된다고 열 번 백 번 다짐하여 본다.

동현아, 아버지는 지금 무서운 병을 가슴에 달고 하루하루가 다르게 망가져 가고 있는데도 몇 년을 더 산다고 알고 계신단다. 오늘 강서방 이야기를 들어보니 내가 생각한 것보다 훨씬 더 무서운 병인 모양이다.

올해 가을에 미국이나 한번 다녀오면 좋으련만, 병이 더해지면 어쩌나 여러 가지 생각이 들어서 하루하루가 괴롭다.

동현이가 귀국할 때까지 지금 이 정도 건강이라도 유지되면 좋겠다. 이 소망마저 깨뜨려지면 어떡하나 기가 막힌다. (1998. 9. 12.)

담도암 재확인

오늘은 기나긴 일주일이 지나고 1시 30분이면 그이의 병명이 확실이 판명 난다고 했다. 제발 암이 아니었으면 얼마나 좋을꼬….

메리놀병원 김호균 과장실 문 앞에서 기다리고 있었다. 담도암이라는 것은 알고는 있었지만, 결과를 듣는 순간 어이가 없었다.

사진으로 너무나 또렷하게 설명해 주니 참담한 현실이 원통하다. 말인즉 수술도 시기가 늦었고, 별 방법을 이야기 해주지 않으니 절망감이 형언하기 어려운 심정이다.

궁여지책으로 항암치료를 받아 보자고 아들, 딸, 사위 다 모여 의논하였으나 내키지가 않아서 밤새도록 잠을 못 이루고 뒤척이다가 본인이 항암주사는 맞을 필요가 없다고 하니 억지로 설득하여 항암치료를 받기로 결론을 내렸다.

항암치료 받으러 입원

입원 준비를 해서 메리놀병원에 가면서도 지금 가서 치료하면 완치된다는 기분이면 얼마나 좋을까. '생명 연장'이라 참 한심한 노릇이다. 설마 저렇게 강인한 사람이 죽을리야 없겠지. 쓸개암이라니! 거짓말일 거야. 오진이면 좋겠다. 운전석 옆에 앉아 차창 밖을 내다보며 별 생각이 다 들었다. 허다한 병이 많은데, 왜 하필 그런 모진 병이란 말인가. 차를 몰고 가면서 자기도 아무 말이 없다.

내가 아무리 애달파도 본인에 비할손가. 어제는 연세의료원까지 갔다 왔으니 오늘은 더 피로해 보였다. 11시 예약시간에 도착하여 간단한 진찰을 받고 1인 병실에 들어갔다. (1998. 9. 17.)

항암주사를 맞다

오늘은 항암주사 약을 12시간 혈관에 꽂고 있다. 이렇게 될 때까지 왜 진작 몰랐던가. 지난날을 후회도 하고, '팔이 하나 없어도 사는 게 좋겠지' 하고 나한테 물어보니 참 기가 막혔다.

둘이서 지난날을 얘기하다가 우리는 죽으면 부산 근교 공동묘지로 가자고 제의하여 나를 당혹케 하니, "묘지 이야기를 왜 하느냐?"고 반문하고 텔레비전을 켜서 입을 막았다. 너무나 속이 상해서 나는 국제시장으로 한 바퀴 바람을 쐬고 왔다. 오랜만에 가보니 물건도 많고 사람도 많은데 하나도 좋은 게 없고, 나한테는 다 소용 없다는 생각이 들었다. 바나나와 좋아하는 아이스크림을 사다가 같이 먹었다. (1998. 9. 18.)

난생 처음 찾아간 성당

오늘은 일요일이다. 오래전부터 개종을 해야겠다는 생각을 여러 차례 생각했던 터이라, 오늘처럼 기분이 우울한 날 성당에나 가 보자고, 병원 내에 있는 줄은 아니까 무턱대고 찾아 나섰다.

성모 마리아 상은 많이 보아온 터라 생소하지는 않았다. 다른 사람들 따라 들어가서 성경책과 그날 미사용 책자를 들고 맨 뒷좌석에 앉아서 옆 사람이 하는대로 따라 하였다. 내가 좀 어색해 보였는지 수녀님이 자꾸 쳐다보는 것 같았다.

내일은 5층 강당에서 무슨 행사가 있다는데 알아들을 수도 없고, 통 감이 잡히지 않았다. 신부님이 미국 사람이구나! 그것 밖에 머리에 남는 게 하나도 없다. 병실에 와서 성당에 갔다 해도 아무 반응이 없으니 좀 멋쩍었다. 그전 같으면 무슨 말이 있을 텐데, 이상하다는 생각이 들었다.(1998. 9. 20.)

아들의 목소리

하루 종일 병원에 있으니 먼데 있는 아들 생각이 간절하다. 미국 갈 때 휴대폰을 주면서 언제든지 전화를 하라 했건만, 마음대로 할 수가 없었다. 목소리라도 듣고 싶어 전화를 하였으나 영어로 무어라고 하는데 알아듣기가 어렵다.

궁금하기 짝이 없는지라 간호사실에 가서 이 병원에 영어 잘하는 분을 좀 만나게 해 달라 하였더니, 마침 성당에서 한번 본 신부님이 지나치다 간호사가 부탁해 줘서 내 휴대폰과 전화번호를 드리니 동현이 집에다 메시지를 입력해 놨으니 전화가 올거라 했다.

강서방과 먼저 통화하는 바람에 "아버지 소식을 들었다고 하면서 일간에 나오겠다"고 하였다. 할 수 없이 나는 태연한 척 "걱정하지 말라"고 타이르고 "자주 궁금하지 않게 소식 전하마"고 하였다. (1998. 9. 21.)

김해 윤 사장님 전화

메리놀병원에서 항암치료를 받고 오늘 퇴원하면서 줄곧 생각나는 게 다른 병으로 다 완치해서 나가는 길이면 얼마나 좋을까.

임시방편으로 왔다가 집에 가면 무슨 의미가 있단 말인가. 그래도 집에 가서 민간요법이나 해 보자고 씁쓸한 기분으로 돌아왔다.

저녁 무렵에 김해 윤 사장님 전화를 받아보니 너무나 반가운 소식이었다. "서울아산중앙병원의 이성규 과장님이 담도암 치료 권위자로 유명하니 서울아산중앙병원에 당장 예약을 해 주겠다"며, 수술을 받으면 금방 나을 것처럼 말씀하시니 귀가 솔깃하여 기분이 좋아서 예약을 하기로 하고 기대하면서 하룻밤을 보냈다. 이튿날 윤 사장님께서 "내일로 예약해 두었으니 병원 소견서를 떼고 사진을 가지고 입원 준비까지 해서 올라가라"고 하셨다. 돈도 상당액을 준비하고 내일 아침 8시 30분 비행기를 예약하였다. (1998. 9. 22.)

서울 아산중앙병원에 가서

해외여행을 갈 때 끌고 간 가방을 챙겨서 비행기를 타고 가니, 이래 가서 싹 낳아서 돌아오면 좋으련만, 기대를 하고 올라가보니 병원이 상당히 큰 편이었다. 예약대로 그 시간에 준비한 소견서와 사진을 들고 진찰받으려 들어간지 얼마 안 되어 나오는 인상이 조금 전과는 너무나 대조적인 얼굴을 보니 직감으로 알 수 있었다.

여기도 별 수 없어. 부산에서나 마찬가지야. 별 방법이 없으니 내려가자 하니 기가 막혔다. 기대는 한순간에 무너지고 실망을 안고 가방은 풀어보지도 못하고 발걸음을 되돌렸다. 공항을 향해서 택시를 타고 롯데월드 호텔 앞에서 내려 점심을 둘이서 먹고, 리무진 버-스를 타고 공항에 가면서 창밖에 보이는 서울 전경도 별로였고 즐거운 여행도 아니었지만 둘이서 서울 나들이도 이게 마지막이 아닌가 참 한심한 생각이 들었다. (1998. 9. 24.)

정말 떠날 사람인가

오늘은 몸을 더 가누지 못할 정도로 힘이 빠져 집세 받는 거랑 예금통장 다 내놓고 곧 떠날 사람 같았다. 저이가 저러면 안된다고 아무리 속으로 외쳐봐도 묘책이 서지 않는다.

대구의 동서 내외분도 내려 오셨다. 묏자리와 상복 이야기까지 이 무슨 날벼락인가 현실이 아니기를 바라는 마음 간절하다.

병문안 오시는 분이 끊이질 않았다. 누워서 일어나 앉기조차 힘들어 보인다. 동현이 올 때까지만 살아야 하겠다는 말을 서슴없이 하니 기가 막힐 노릇이다.

알부민 주사를 맞자고 하였더니 거절하셨으나 억지로 사위가 주사를 꽂았다. 병원에 입원하여 치료해 보자고 아무리 설득해도 통하지 않으니 답답하여 동현이가 와서 말하면 들어 주려나. 제발 그래서 나는 더 기다려진다. (1998. 9. 25.)

동현이가 미국서 온다는 소식을 듣고

며칠 전부터 동현이 오는 날만 손꼽아 기다린다. 10월 2일 온다는 일정이 잡혀 있으니, 하룻밤만 자고 나면 며칠 남았는데, 어린 아이 마냥 좋아 하는 것 같기도 하고 무슨 일낼 것 같아서 불안하기도 하고 조마조마한 며칠이 지나고 오늘은 알부민 주사 덕인지 조금 힘이 있어 보인다.

시골 형님한테서 전화가 왔다. 울먹이는 형님 음성이 귀에 들릴 때 나도 목이 메어 말이 막혀, 목을 가다듬고 너무 걱정 마시라고 위로해 드리고 추석에는 웬만하면 같이 가겠노라고, 동현이가 10월 2일 귀국하면 같이 갈 수 있다고 말씀드렸다.

지금 봐서는 못갈 것은 뻔한데 형님에게 거짓말로라도 위로해 드릴 수밖에 없었던 내 심정, 수화기를 놓고 하염없이 흐르는 눈물을 주체하기 어려웠다. (1998. 9. 27.)

급히 귀국한다는 연락을 받고

동현이가 미국에서 출발한다는 국제전화가 왔다. 기분이 좋아서 목욕을 하고 나와서는 "내가 괜찮아 보이냐"고 몇 번이고 물어보고 앉아 있으니 어제까지 누워있던데 비하면 딴사람 같았다. "이번에 아들이 오면 추석에 큰집에 같이 다녀와서, 아들을 미국에 잘 떠나 보내려면 당신이 용기를 내고 제발 힘내야 한다"고 하면 "그것이 마음대로 되냐"고 하니 나도 할 말이 없다.

굉장히 오래 있다 오는 것 같은데도 불과 1개월도 못되어 귀국 하게 되니 아들을 괴롭혀서 마음이 편치가 않다마는 그래도 와서 보고 가는 것이 자식의 도리가 아닌가 싶다. (1998. 10. 1.)

서울에 도착했다는 전화

아침 7시 서울 공항에서 동현이 전화가 왔다. 새벽에 도착하여 7 시 50분 부산행 비행기로 온다고 했다.

떠난 지 한 달도 못되어 그 먼 길을 오게 하였으니, 좋은 일도 아니고 흥얼거리며 밥을 차려서 억지로 식탁으로 불러내어 둘이서 오랜만에 식사를 같이 하였다.

왜 저 사람 몸속에 모진 병이 있단 말인가. 창밖을 내다보며 혼 자서 눈물을 훔치면서 '동현이가 오면 얼마나 황당해 할까' 생각해 보았다. 몇 시간뒤 현관에 들어서는 아들이 반가우면서도 눈물이

먼저 나와서 말이 나오지 않는데, 동현 아버지도 마찬가지로 말을
못하고 눈물이 고였다.

8월 30일 의령 석천재 재실 낙성식에서 그렇게도 즐겁게 헤어진
아버지가 불과 한 달 만에 만남이 눈물로 마주보고 말문이 막히니
아들도 기가 막히는지 "아버지" 말끝은 떨리면서 절을 하고 의연히
참으며 앉아서 서로 이야기를 나누고 분위기를 바꾸었다. 그 강인
한 분이 아들 앞에서 눈물을 보이다니 믿어지지 않았다. "아버지가
이래 계속 편찮으시면 국내 근무를 할 생각"이라고 했다.

굳이 미국 있을 일이 아니라고 하자 아버지는 "모처럼의 기회를
왜 포기해. 내 걱정 마라"라고 하는 말이 오늘은 당당해 보이고 아
주 기분이 좋아 보였다. (1998. 10. 2.)

다니엘 생활교육관을 찾아서

하루하루가 무섭다. 그이의 병이 자꾸 나빠지는 것을 보면서 내
역량은 미치지 못한다.
오늘은 무턱대고 양산에서 식이요법으로 암환자를 치료하는 교
육관에 가자고 졸랐다.
아직은 차를 운전할 정도는 되니까 교외 드라이브겸 가보자고
하였더니 못이긴 듯이 따라줘서 너무나 고마웠다.
울산 가는 국도변 산에는 단풍이 든 늦가을 풍경이 스산하다. 모

처럼 나와 보는 교외 풍경이 내 눈에는 참으로 표현하기 어려울 만치 가슴을 메이게 하였다.

안경 밑으로 흐르는 눈물을 주체하기 어려웠다. 옆에 사람이 볼세라 손으로 닦아도 감당하기가 쉽지 않았다.

말없이 운전은 하고 가지만, 무슨 생각을 하고 있을까. 저사람 몸속에 병이 커 가고 있으니 이 가을에 둘이서 가는 길이 내년에도 있을까. 마지막이 아닐까. 차창 밖에 저 단풍은 떨어져도 내년이면 다시 새싹이 돋아날 것 아닌가. 그때쯤이면 저이의 병이 더 악화된다든지, 이 세상 사람이 아닐는지, 저승과 이승의 갈림길에서 위험을 알면서도 도리가 없는 이 심정을 당해 보지 않는 사람이야 알리가 없지. 그나마 다행인 것이 요즈음 성경공부를 하면서 동래성당 미사에 참례하고 신부님 말씀도 듣고 수녀님과 대화도 하면서 마음의 평화를 찾으려고 애써본다.

도착한 곳은 덕계리 계곡의 다니엘 생활교육관, 깊은 산골 인적도 없는, 사회와 등지고 하늘과 산 밖에 보이지 않는 곳에 환자들이 옹기종기 모여 있고 산에 올라 산책 갔다 오는 사람이 꽤 많았다. 잠시 들어 보니 이해가 되고 실천해 볼 만한 부분이 많았다. 지금은 인원이 차서 받지 못한다고 영천을 소개해 주었다. 그래서 환자의 식품과 책자만 사 가지고 돌아왔다. (1998. 11. 14.)

삶의 한계를 아시고

이 세상 어느 부부도 사는 게 비슷하겠지만, 우리 부부는 아기자기하게 재미있게 살아 보지도 못한 것 같고, 그렇다고 남 보기에 재미없이 산다는 말도 듣지 않았다. 가끔씩 "당신은 참 행복한 사람이다"라는 말을 들을 때 행복의 기준이 뭔지 모르고 그저 평범하게 감사한 마음으로 살아온 건 사실이다. 그저 무덤덤하게 멋도 없이 말수가 없이 살았다고나 할까.

요즈음 저 양반이 신병이 있고부터는 가끔씩 만약 저이가 세상을 떠난다면, 나는 어떤 처세를 해야 되고 집세를 받는 것이며, 세금 처리랑 어려울 것 같아서 마음이 무겁다.

내가 이 나이에 왜 복잡한 일을 맡아야 하나. 왜 모진 병이 저 양반한테 왔단 말인가. 야속하다. 맑은 정신으로 이따금씩 "내가 죽으면 당신은 어떻게 해라"는 말은 나를 너무 걱정하는 것 같아서 듣기 싫다고 했다. "내 걱정이 그리되면 죽지 않으면 되잖아요" 말다툼 아닌 말씨름을 여러 차례 했다.

"내 걱정이 진짜 되거든 당신 자신이 어떻게 하면 이 병을 이기고 더 살 수 있을까? 그것만 생각하고 지내라" 하면 "참 답답한 사람! 나는 얼마 못 살아, 1년이라도 더 살 수 있으면 좋겠다"고 하는 말, 어이가 없을 때가 몇 번이나… "나를 너무 모른다고, 신경 안 쓴다고, 어떡할 작정이냐고, 큰일이다고 할 때는…" "무슨 큰 일 , 나도 다 버리고 갈텐데 내 인생도 끝난 인생 아냐. 이 늙은 나이에 뭐가 필요해. 다 소용 없어." 한 평생을 그렇게도 당당하던 양반이

가끔씩 정신 흐린 이야기를 해서 안타까울 때도 많다. 삶에 한계가
온 것을 다 알고 있는 것 같다. 참 기가 막힌다.(1998. 11. 15.)

영천요양원에 보내면서

열흘간 지낼 옷이랑 약이랑 이부자리며 차에다 챙겨 보내면서
급한 처리만 해 놓고 모레쯤 나도 가기로 하고 혼자만 영천요양원
에 보냈다. 차를 타고 출발하면서 "갔다 올게" 하면서 떠나는 뒷모
습을 보면서 "하느님 감사합니다. 저 양반께 자기 차를 몰고 갈 수

있는 힘을 주셨고, 아직은 버리지 않으셨으니 하느님 힘과 용기를 주십시오."

기도하면서 머지않아 헤어질 사람 지금 이 정도의 이별쯤은 연습에 불과한 것, 연습이란 어디까지나 연습이니까 실제는 없었으면 하는 바램이다. 집이 텅 빈 것 같다. 할 일이 없다. 넓은 집에서 혼자 성경공부를 하자.(1998. 11. 23)

요양원에서 전화가 왔다

"여보, 오늘 전화기에서 울려오는 당신 음성 참 활기차게 들려서 기분이 좋아요. 실은 해만 지면 들어 올 사람이 안 들어오니까 매일 마음이 언짢거든요."

우수수 단풍잎 떨어지는 가을과 눈이 내리는 이 겨울이 우리 부부에게는 잊을 수 없는 계절이군요. 결혼 생활 40년 동안에 처음으로 헤어져 서로의 지난날을 반성하고 남은 생을 설계해 보는 좋은 기회인 것 같네요. 우리가 살아온 날을 회고해 보면 남에게 폐 끼치지 않고 양심껏 정직하게 열심히 살아 왔는데, 이런 고난을 주는 것이 하느님이 우리에게 인내심을 테스트 해 보시는가 봐요.

여보, 힘내고 용기를 내세요. 하느님께서는 사랑과 자비의 근원이시니 저버리지 않으시고 구원의 은총이 계실 것이니 믿으세요. 만날 때까지 기도하면서 기다릴께요.

부산 집에 있는 사람이(1998. 11. 24.)

02 그리운 고향 이야기

상록수노인회 월례회

당신이 1월 18일 세상을 떠나신 후, 상록수노인회에서 첫 월례회를 하니 당신 이야기를 많이 하셨다네요. 회장님이 전화를 해 주셨어요. 수민장학회에서는 내 앞으로 통지서가 왔네요. 당신의 명함 [석 철수]라는 글자는 이 세상에서 없어졌나 봐요. 당신 대신에 내가 어찌 나갑니까. 내역을 보니 고등학생 8명 중학생 2명, 4분기로 나누어 준다네요.

곳곳에 당신이 남기고 간 흔적들이 내 가슴을 아프게 하는군요.

사별의 아픔이 이렇게 큰 줄은 몰랐어요. 이 세상 어느 부부나 겪어야 하는 것을 내라고 피할 수 있겠어요. 당신은 내가 싫어 떠난 것은 아닐 테니까요. 당신을 생각하는 이 시간엔 펜을 들고 글을 쓰며 내 마음 스스로 위로해 봅니다. (1999. 2. 25.)

헌구회 친구의 안부전화

오늘 오전, 헌구회 당신 친구 이재환 씨한테서 안부 전화가 왔는데요. 나는 반갑기도 하고 당신 생각이 너무 나서 목이 메었어요.

며칠 전에는 잘 웃기는 김용무 씨 부인이 영감이 밥 산다고 나오라는걸 안 나갔더니 김용무 씨 왈, "철수만 자꾸 생각하지 말고 신랑 보고 싶으면 나를 보러 오라"고 전화를 해서 한바탕 웃었네요.

주위의 좋은 친구들을 두고 어떻게 가셨는지요. 나는 많이 위로받으며 잘 있어요.

학도병 시절부터 사귄 친구들이라 남 다른 것 같아요. 부부 동반으로 해마다 전국모임 때 서울, 대구에 갔던 일이며, 가을 단풍놀이랑 망년회 갔던 일이 이제는 다시는 없겠지요. 하염없이 눈물이 나네요.

인생무상이라는 단어가 이 시간에 나의 피부에 와 닿는 서러움이 너무 크네요. 즐거웠던 좋은 일만 간직할래요.(1999. 2. 26.)

생신날에 묘지를 찾아가서

여보, 오늘은 당신 생신날인데 아시는지요?
온 가족이 여기까지 왔어요.
편히 계셨는지요. 많이 쓸쓸하시지요?
그 당당한 모습은 어찌하고 고요히 누워 무슨 생각하며 왜 말씀이 없는지요. 오늘 온 김에 몇 가지 말씀 드릴게요.

동현이는 진급을 해서 서울고검으로 옮겼고요. 또 당신 생전에 시키신 대로 1동 307호를 현옥이가 집을 사가지고 수리를 하고 있어요. 그리고 요환이는 내성중학교 1학년 5반이 됐어요. 3월 초에는 수민장학회에서 10명에게 장학금 전달했고요.

100만 원 추가 지원 더 했어요. 그리고 집 등기도 남은 가족 앞으로 다 넘겨서 마쳤구요. 세무사에 맡겨서 상속신고만 하면 다 끝나요. 그리고 나는 당신 주위에 같이 지내던 너무나 좋으신 많은 분들께 위로 받으며 당신의 크고 넓은 빈자리를 채우기 위해 노력하고 있어요. 또 여기 모인 우리 가족 모─두가 성실하고 착실하게 다들 제 자리에서 조상님께 누를 끼치지 않고 부끄럽지 않은 후손이 되기 위해 열심히 노력하고 있으니 아무 염려 마시고 천국 낙원에서 편히 쉬세요. 부지런히 주님께 기도할께요.

산봉산 묘소에서(1999. 3. 21.)

수민장학회에 대신 참석하다

며칠 전에 수민장학회에서 참석해 달라는 연락을 받고 가야 옳은 건지 망설이다가 오늘은 수민동 동사무실을 찾아갔어요. 가보니 수민장학회에서 감사패 전달식이 있었어요. 고인이 된 당신 앞으로 고 석철수 이름으로 새겨진 패를 받아왔어요.

동장님은 옛날에 내가 통장할 적에 사무장님으로 계시던 이만희

씨였어요. 매우 반가워하시면서 당신의 인사도 빼놓지 않고 하셨어요. 새마을금고 이사장님 정소봉 씨도 초상 때 보고 오랜만에 만나 인사를 나누었어요.

많은 분들이 떠난 당신과 교분이 두터운 분이니 반갑고 좋았어요. 다 저렇게 잘들 계시는데 당신은 왜 가시었소. 돌아오는 택시 안에서 중얼중얼 거리다가 얼른 집에 와, 당신 사진 앞에서 '왜 죽었어요?' 감사패를 보이면서 두 번 세 번 물어 보았어요. 아무 대답이 없데요. 바보 같이…. (1999. 3. 24.)

비가 내리던 날

오늘은 당신이 떠나신 후 가장 비가 많이 오는 것 같네요. 산에서 비를 맞아 옷이 다 젖었을거라는 생각이 들어서 창밖을 내다보니 눈물이 자꾸 나네요. 그이 사진 앞에서 죽은 것 맞냐고 반문해 봅니다.

고인이 된 당신에게 수민장학회에서 감사패를 새겨 주기에 거실 정면에 두고 자꾸만 쳐다보며 당신을 생각해 봅니다. 꼬집어 말 하라면 단 한번만이라도 보고 싶어요. 진짜. (1999. 3. 25.)

여보, 당신이 떠나신지 백일이 그끄저께였어요. 세월은 빠르게 흐르고 있지마는 내 생활 속에는 어딘가에 톱니바퀴가 빠진 것 같아요.

아파트 정원에는 벚꽃이 흐드러지게 피었고, 상록수 노인정에는 매달 25일 회식하는 날이잖아요. 이달에는 야외로 간대요. 당신을 생각해서 음료수라도 한 상자 보내 줄까 생각 중이예요.

어제는 음력 3월 6일 할아버지 제사를 모시려 큰댁에 다녀왔어요. 고속도로 주변 산에는 파란 잎새들이 돋아나 봄기운이 완연하더군요. 해마다 당신 옆자리에 앉아 가던 길이라 마음이 몹시 상했어요. 당신 산소에 다녀올 생각으로 생전에 좋아하던 초코파이랑 주스랑 사가지고 갔으나 시간이 여의치 않아서 동주네 아이들 주고 그냥 돌아 왔어요.

선산이 너무 멀어요. 마음대로 계획대로 가 보지 못하니까 좀 안타까워요. 너무나 뜻밖에 빨리 가신 당신이 뭔가 잘못된 것 같아서 후회됨이 한두 가지가 아니어요. 하루에도 몇 번씩 가슴부터 머리 끝으로 눈으로 찌르르 아려올 때는 숨이 막혀서 길게 몰아쉬는 것이 주위 사람 보기에 이상한 병자처럼 보였는지 병원에 가보라는 말을 여러 번 들었어요. 안 그럴려고 노력하지만 습관처럼 숨이 답답하여 나도 모르게 나오는 것을 보면, 병은 마음으로부터 오나봐요. 세월이 얼마나 흐르면 당신을 잊을 수 있을까요.

잊어버리기보다는 속으로 삭이면서 견디기가 참으로 힘들어요. 이것이 부부의 정이었나를 다시금 느껴봅니다. 부질없는 일인 줄 알면서 도리가 없네요. (1999. 4. 22.)

추미장 상패를 받고

여보, 어제가 당신이 유명을 달리 하신 후 처음으로 한, 전국 종친회 날이었는데 대구에서 했어요.

해마다 종친회 날이 다가오면 며칠 전부터 여기저기 연락하시고 차를 몰고 떠나시던 일이 생각나서 하루 종일 마음이 우울했어요. 그나마 동현이가 참석했기에 다소 위로가 되었어요.

동현이가 참석해서 '추미장(追美章)' 패를 받아 왔더군요. 여러 종친들께서 당신 말씀을 많이 하시더래요. 당신은 아시는지요.

'생전에 공로를 추모한다'는 뜻을 고인에게 바치는 글을 담아 새겨진 상패의 내용을 읽으면서 당신의 생전에 모습을 회상하니 만감이 교차되어 보는 이도 없는 빈방에 앉아서 하염없이 흐르는 눈물을 흠치고 닦으며 애꿎은 휴지만 수북이 쌓였구려.

종친회에서 아버지를 대신해 동현이가 추미장을 받다(1995. 5.)

석천재 중건 당시에는 거의 매일 가다시피 도시락을 싸 드리면 들고 나가면서 기분이 그저 좋아서 "잘 갔다 올게"라고 꼬박꼬박 인사를 하길래 도시락을 싸주니까 고마워서 저러나, 마음이 변했나 웃어 넘겼더니 지금 생각해 보니 이 세상을 하직하려고 그랬던가 싶기도 하네요.

당신이 정성들여 지은 병사공파 종종 재실에는 해마다 10월 모사 때마다 전국 종친들이 다 모이게 되니 얼마나 좋은데요. 자손만대까지 길이길이 빛나고 후손들이 잘 보존할 것이니 참으로 "보람된 큰일을 하셨다"라는 생각이 드네요. 만사를 잊으시고 천국 낙원에서 평화의 안식을 누리세요. (1999. 5. 9.)

삼산당 재실 개축

이날까지 가정사를 내 혼자 결정 지어 보기는 오늘이 처음이다. 성주 고향 큰집 마을에 윗대서부터 내려오는 삼산당 재실이 너무 낡고 작아서 개축을 하려 해도 자금이 너무 부족해서 못한다기에 "삼천만(三千萬) 원 기부하마"라고 약속하였다.

두 아들에게도 말했었더니 "잘했다"고 하였다. 쟤네 아버지가 생전에 삼산당 재실이 타 문중 재실에 비해 너무 초라하다고 이야기 하는 것을 여러 번 들은 기억이 나고 여웃돈도 있고해서 쾌히 결정하였고, 고인께서 생전에 고향을 많이 아끼고 종친회 일에나

석천재 재실 준공식 날(1998. 8.)

복지회관, 공공일에는 더러하면서도 자기가 태어난 고향 마을에는 뚜렷이 표나게 한 일이 없었다.

선산에 누워 계시지만 영혼이라도 삽실에 오시면 자기 이름 석 자 새겨진 표적을 보여 드리고 싶었고, 얼마 되진 않지만 유품도 고향 재실에 보관해 두고 싶다고 종친 어른들에게 미리 말했다.

내 소견으로는 '참 잘했다'라는 생각이 든다마는 후유증이 없어야 할텐데 신경이 쓰인다. (1999. 5. 10.)

눈물샘이 고장 났나봐요

세월이 얼마나 흘러야 당신 생각을 하지 않고 지낼는지요. 한치의 아쉬움 없이 잘 살도록 챙겨 놓고 떠났어도 마음의 공허함은 씻기질 않고 당신의 빈자리를 메우기에는 너무나 역부족이에요. 내 자신의 나약함을 느낄 때마다 세상만사를 모두 던지고 훌훌히 떠나고 싶을 때가 허다한 걸요. 인생무상을 피부로 느끼고 있어요.

내 여기에서 좌절하고 쓰러지면 당신이랑 살아온 세월이 허무할 터이고 자식들도 아직 보살펴 주고 지켜보는 어미가 있는 것이 때로는 필요하지 않는가. '용기를 내자, 힘을 내자' 마음도 몸도 피로하지만 나는 하느님을 믿고 성령의 힘으로 이겨 나갈거야.

주님의 은총으로 용기를 얻어 내 자신이 잘 극복 할거야. 그 사람은 떠나고 없지만, 어미의 굳은 자리는 당당하게 지켜 볼테야. 눈물도 보이지 말고 나약한 모습도 보여서는 안 되겠지. 아이들이 제자리에서 맡은 일을 잘 할 수 있도록 심적 고통을 주지 않으려면 내가 좀 더 건강하게 강한 어미가 되는 것이 옳겠구나.

온 집안 형제들과 내 자식들을 버팀목 삼아 내 자신을 지키자. 그이의 두꺼운 보호 속에 온실속의 꽃처럼 살아온 세월이 세파를 너무나 몰랐다고 새삼 느끼면서 내 자신 강해 보려고 애써본다.

자기 없이도 살아가게 나를 하느님의 자녀로 인도해 주고, 하느님을 영접하고 떠나신 그이가 눈물겹도록 감사하고 고맙다.

천국에서 다시 만날 때는 앞서간 그이에게 잘 정리하고 왔노라고 얘기할 수 있어야겠지.

잊으려 하면서도 자꾸만 생각나서 눈물이 쏟아지는 이유는 무엇일까. 40여 년 미운정 고운정이 4개월에 어찌 잊으랴. 세월이 약이라는 말을 믿어 보자. 하여튼 "눈물샘이 고장 났나봐."(1999. 5. 19.)

동현이가 영동지청장으로 부임하다

1월에 아버지 돌아가시고 3월에 고검으로 또 이달에는 영동지청장에 부임했으니 자리를 두 번이나 옮긴 셈이다.

고향이 가까우니 인사겸 동현이가 아버지 산소에 가보자고 하였다. 대구 부산 삼촌 내외분과 같이 가보니 묘소 앞에는 잔디가 꽤 많이 새파랗게 자랐다. 잔디 사이에 자란 잡초를 뽑아내고 "동현이가 청주지검 영동지청장에 부임했노라"고 인사드리지만 아무 대답이 없으니 답답하다.

짐작은 하는지 하늘나라에서 다 알고 기뻐하리라 믿고, '앞으로 더 좋은 일이 있을 때마다 찾아오마'고 '혼자 편히 쉬세요.' 마음속으로 생각하면서 내려오면서도 자꾸만 뒤돌아보았다. (1999. 6. 19.)

03 어머니의 사부곡(思夫哭)

곱게 살다 가자

인생은 60부터라는 말은 많이 들었다마는 기분 좋으라고 하는 말이지. 이 나이가 결코 작은 나이가 아닌성 싶다.

나이 자랑 할 것도 없고 내세울 것도 하나 없는 '허무'뿐…. 하루 하루 집불 모양 내 몸이 늙어지는 거야 도리가 없지 않는가. 내가 이 정도라도 건강을 유지하면서 우리 아이들이 더 성장할 때까지 지켜보고 싶다. 그이가 남겨준 유산을 지키고 관리하다가 곱게 인계하고 남은 인생 곱게 바르게 살다가 생을 마치는 것이 현명한 처신인가 싶다.

늙은 것이 특권도 아니고 잔소리로 개입도 하지 말고 고집도 버리고 욕심도 버리고 양보하고 웃으며 살자고 다짐해 본다.

어디서나 따돌림 당하지 말고 스스로 외로움을 달래며 취미 생활하면서 즐거운 일이 어디 없을까 찾아보자.

지난날에 궂은 일은 잊어버리고 즐거웠던 좋은 일만 기억해 보면서 환상 속에 즐기고 살면 되려나. 현실이 동떨어지더라도 실망

하지는 말아야겠지. 환상으로 끝나기는 마찬가지 아닌가. 나의 노계를 연구해 보자. (1999. 7. 5.)

어두운 밤길

조그만 불편도 감내할 줄 모르고 어쨌든 편하고 좀 더 즐겁고 화려한 생활을 추구하는 이 시대의 어두운 밤길은 상상조차 되지 않는다. 구석진 골목길까지도 외등은 환하게 밝혀져 있으니 편리하기 짝이 없는 세상 아닌가.

옛날에 우리네 어머니들은 밤에 자식이 나갈 일이 생기면 혹여

다칠세라 "애야 밤길 조심해라" 당부하셨다. 어두운 골목길에서 돌부리에 걸려 넘어지기도 하고 노인네들은 헛디뎌서 다리라도 다치면 낙매수가 들었다는 말씀들도 흔히 하셨다. 여름밤에 어두운 밤길에 나가 보면 반딧불이 여기 반짝 저기 반짝하던 옛날 추억 속으로 거슬러 더듬어 본다.

전기 구경도 못하고 쓸 줄도 몰랐던 40, 50년 전에 자정이 넘어서 종갓집에 제사라도 지내면 아래 윗동네 떨어져 사는 사촌 육촌 제군들은 도포 자락 팔에 걸치고 눈에 익은 길이라 어두운 밤길도 잘도 다녔다.

음력 보름께 제사는 달이 밝아서 어렵잖게 가지만, 그믐께나 초순이면 어두운 밤길에는 참 곤란하고 불편하다 여기지 않고 예사로 생각하며 살아가던 시절도 있었다.

동네 처녀들은 늘 모이는 아지트에서 저녁이면 호롱불을 밝혀 놓고 수를 놓는 친구, 뜨개질하는 친구, 오순도순 모이곤 하였다. 밤이 야심하여 출출하면 무 구덩이에서 무를 갖다 먹기도 하고 복숭아가 익을 철이면 복숭 서리를 간다.

컴컴한 밤길에 이웃집 복숭아를 따서 도망쳐 오면 주인이 어슴푸레 알아도 도둑으로 여기지 않고 장난으로 알아주는 인심 좋은 그런 시절이었다. 물에 씻어서 일부러 어두운데서 먹는다. 복숭아 벌레를 먹으면 예뻐진다는 말을 순진하게 믿었다.

먹다 남은 복숭아를 밝은데서 볼 때 벌레가 복숭아 속에 있는 것을 보고는 구역질을 하고 야단이었다.

면 소재지 솔밭 끝에 연극이나 서커-스단이 오면 손전등도 없이 어두운 밤길도 즐겁기만 하였다.

낮부터 동네마다 북을 두드리고 꽹과리를 치고 다니면서 연극배우 누구누구 나오고, 굳세어라 금순아 청춘극장 여성국악 외치고 다니면 행세깨나 하는 양반집 규수나 며늘애는 집안 어른들 몰래 구경 가는 것을 많이 보았다. 나는 철모르고 졸졸 따라 갔다가 나만 떨구고 갈까봐 혼난 적이 있다.

냇물을 건널 때는 돌다리를 못 찾아서 헤매면서 낄낄대고 웃어대며 고생을 직사게 해도 그 다음 또 가기 일쑤였다.

이튿날이 되면 동네 우물가에는 지난밤에 연극 보고 온 이야기로 꽃을 피우고 시끌벅적 하였다. 앞 냇가 빨래터에도 마찬가지.

그 티 없이 소박한 여인네들 지금쯤 다 잊어버리고 호호백발 할머니가 되어 이 살기 좋은 세상에 마지막 황혼 길을 잘 지내고 있는지 궁금하다.

내 나이 60고개를 넘도록 바쁘게 사느라 까마득히 잊고 있었던 나의 소녀시절을 연상하며 꿈 많던 문학소녀가 뒤늦게나마 펜을 들고 묵혀진 머리를 굴리며 글을 써 보자고 덤벼본 내 자신이 가관이다.

나를 아껴주던 그이를 보내고 눈물로 얼룩진 일기장을 뒤척이다 선택한 내 취미의 한 부분이다. 조용히 곱게 살자고 다짐하면서…

(1999. 8. 5. 현대문화센타 수필반에서)

산소에 벌초 하는 날

8월 마지막 9시 주일미사 참례를 하려고 집을 나서는데 대구 동서집에서 전화가 왔다. "오늘 선산에 벌초를 하러 간다"고 하였다.

나는 며칠 전부터 추석 전에 그이 산소에 벌초도 해야겠지만, 혼자라도 가 보려고 벼르던 참이라 "나도 가겠노라"고 하였다. 9시 미사기도 중에는 줄곧 선산에 간다는 생각으로 신부님 강론이 귀에 들어오지도 않고 오로지 어서 마치고 가야겠다는 생각뿐이다.

왜관으로 가려고 기차를 타니 가슴이 설렜다. 가본들 인사도 대답도 없는 그 사람의 묘등만 바라보고 올 것을 그래도 빨리 가서 보고 싶었다. 대구쯤 가니 차창 밖에 비가 억수로 내렸다. 왜관 종착역에 내리니 빗줄기는 가늘어졌지만 계속 내렸다. 조카 동림이랑 통화를 하니 벌초를 마치고 내려오는 중이었다. 성주읍 주차장에서 만나 다시 나를 태우고 산소에까지 가서 차를 세워두고 물이 질축한 산길을 올라 산소에 다다르니 깨끗이 깔끔하게 아주버님께서 깎아 놓아서 보기가 좋았다. 간단히 인사만 하고 내려오니 조금은 서운하였다. '금방 보고 올 것을 그렇게도 마음 설레었나. 한심한 여자야' 싶었다.

동서가 준비해온 점심은 성주읍 선박공원에서 펴놓고 맛있게 먹었다. 산새도 수려한 성주고을 내 잔뼈가 굵었던 곳이기도 하지만, 그이가 누워있는 산봉산 가까이에서 대구 작은댁 가족이랑 점심을 먹으니 기분이 좋았다. 바로 앞에는 샛강 강물이 유유히 흐르고 백년도 넘은 듯한 아름드리 떡버들나무 그늘아래 운치가 아주 좋았

115

다. 일흔을 목전에 둔 아주버님 모습이 생전에 그이와 왜 그리 닮았는지… 위로 형님 두 분을 한해에 다 보내고 벌초를 하는 동생의 심정이 어떠한지 헤아려 보았다.

여담 삼아 동서와 내가 "영감이 가시면 낫으로 벌초한 사람이 없다"라는 말, 맞는 말이었다. "우리집 아들형제는 낫을 쥐어 본적도 없지만 어떻게 생긴 줄은 아는지 몰라" 그 말이 맞는 말이다 싶다. 아주버님께서 얼마나 상수하실는지 묘소에 손질하실 힘이 있을 때까지 내년에도 그 후년에도 건강하신 몸으로 오래오래 해 주셨으면 바램이다. (1999. 8. 27.)

할머님 제사

며칠 후에 곧 추석이네요. 내가 당신의 제사 걱정을 하다니요. 명절에는 알뜰히도 큰집에 제사 장거리를 챙기시던 분이 왜 어디로 가셨는지요. 나 혼자서 할 일이 너무 많아요. 체력이 달릴 정도로 힘들어요. 아무 생각없이 조용히 계시니 편하신지요. 가지가지 생각날 때는 어떻게 할까요. 방법을 알려 주세요.

그저께는 영동에 동현이 생일을 챙겨 주었고, 어제는 조모님 제사 모시고 새벽에 삼촌 차로 내려왔어요. 큰댁의 큰방 안쪽에 아주버님과 당신이 앉아 계시던 자리가 텅 비어 있기에 형제분이 제복을 입고 계시던 모습이 너무나 생각나서 흐르는 눈물을 감추지 못해 다 들켰어요. 눈물이 길면 분위기가 이상할 것 같아서 참느라 혼났어요.

며칠 남지 않은 추석에는 또 당신이 생각나면 참고 잘 넘겨야 할 텐데, 지금부터 참는 연습을 해야겠네요. (1999. 9. 19.)

겨울 문턱에서

내일부터 일기가 추워진다 하니 내 가슴이 싸늘하게 스쳐가는 느낌이 나를 슬프게 하고 콧잔등이 찡하게 당신 생각이 왈칵 나서 그만 빈방에서 눈물을 훔치다가 사진 앞에 가서 '추워지면 어떻게' 해도 알아들을 리가 없고 창밖을 내다보니 정원에 나무들이 스산해 보여 난생 처음으로 쓸쓸하다는 기분을 느꼈어요.

가을이면 조금만 살랑해도 내의를 입고 새벽에 등산갈 때는 마후라를 찾더니 어떻게 산에 누워 계시는지요. 하필 안동포[삼베] 도포를 입고 가셨으니 명주 도포를 갈아 드릴 수도 없고 어떻게 해요. 나 혼자서 따뜻한 방에 있기가 만망해요. 올겨울에 눈이 내리고 땅이 얼면 어떡하지. 당신을 생각하면 겨울이 없었으면 좋겠네요. 봄, 여름, 가을만 있으면 좋으련만 묘사 때나 가 볼게요. 기다리세요. (1999. 10. 12.)

범일동 가는 버스 안에서

며칠째 범일동 건물에 방수 공사와 페인트 공사를 하면서 버스로 40분 이상 소요는 거리를 현장에 매일같이 가 봐야했다. 오늘도 새벽부터 설쳐서 그런지 몸과 마음이 피곤하다. 좌석버-스에 몸을 싣고 푸근하게 앉아 음악을 감상하면서 중얼중얼 따라 하기도 하면서 가는 도중에 조용필의 '허공'이란 노래가 나왔다.

'꿈이었다고 생각하기엔 너무나도 아쉬움 남아 가슴 태우며 기다리기엔 너무나도 멀어진 그대…' 처음에는 생각없이 입속말로 따라 하다 보니 갑자기 노래 구절이 내 가슴을 꽉 메이게 하였다. 처음 듣는 노래도 아닌데 오늘 따라 내 귓전을 두드리다 못해 스쳐가는 칼바람처럼 내 마음을 아프게 하였다.

그이가 너무 멀리, 아주 멀리 가셨기에 내 귀에 들리는 노랫말이 처량하게 들렸다.

눈에는 눈물이 하염없이 흐르고 다음노래는 내 귀에 들리지도 않고 그이 생각에 가슴을 쓸어내리며 참아 넘기느라 애썼다. 얼마 전에 세상 떠난 그이 생각이 한번 나기 시작하면 지우려 애써도 끝없이 순간순간들이 떠오르면 잊으려고 해도 쉽지 않다.

얼마나 많은 세월이 흘러야 잊혀질까.

비련의 주인공이 따로 있는게 아니었다. 바로 옆자리에는 손님이 있는데도 아랑곳없이 손수건이 반이나 젖도록 창밖을 내다보며 눈물을 훔쳤다. 옆에 앉은 손님이 보았을 때 무슨 사연인가 궁금하였을 것이다.

이 세상에 누가 이 마음을 알 리가 있겠는가. 너무나 멀리 간 그이는 더더욱 모를 것이다.

아들 딸 앞에서나 친지들 앞에서 초연하게 눈물을 보이지 않던 내가 아니던가. 약한 것이 여자라 했거늘 나 역시 혼자서 수없이 흘린 눈물이지만, 오늘은 너무 체면없이 차 속에서 이 무슨 주책이란 말인가 중얼거리면서 마음을 추수렸다. 공사장으로 빨리 가야겠다고 생각을 바꾸어 보았다.

지금 이 시간쯤에는 전화통에 붙어 앉아 친구랑 노닥거리면서 재미있는 이야기로 꽃을 피우던 행복한 나의 지난날이 생각나면서 1년 사이에 너무나 생활이 바뀌었다. 이럴 수가 있나. 한사람 떠난 자리가 이렇게 넓고 큰 자리임을 실감하면서 산재해 있는 복잡한 일들을 차분히 정리 중이다. 아직도 처리해야 할 일이 많이 남았다. 묵주를 꺼내어 만지작거리며 주기도문을 외우며 마음에 위안을 삼는다. (1999. 12. 9.)

세월은 어김없이 잘도 간다

당신이 가신지가 어느새 1년이 다 되었네요. 1년 사이 당신을 보내고 내가 무엇을 했는지 얼마나 변했는지 뒤돌아보니 많이 변해 있네요. 새파란 20대에 만나 같은 배를 타고 긴 여행을 하면서 어려울 때는 위로하며, 싸워서 토라지면 다시 돌아서 정을 도탑게 하고 서로가 각자 하는 일을 존중하며 잘 가던 여정 길에서 너무나 갑자기 당신을 떠나 보내고 나니 세상이 너무 허무하구려.

풍랑을 만난 배가 뒤집히면 사랑하는 사람을 구해 주고, 자기는 멀리 떠나 죽는다는 말을 되새기며 내 가슴에 간직하고 떳떳이 당당하게 살려고 노력하고 있어요.

당신과 같이 살아온 터널 속에서 장밋빛 꿈을 꾸며, 멋도 모르고 내 불만을 토로할 때도 많았었는데 지금 생각해 보니 후회스럽기도 하고 든든한 기둥이었기에 밀치기도 하고 눈살을 찌푸릴 때도 있었는데, 다 받아 주시던 당신이 훌쩍 가셨으니 이제는 아무 재미가 없구려.

행길에 나가면 수많은 사람 중에 당신 닮은 매끈하고 단정하게 늙어서 빼빼 야윈 영감님을 보면 당신 생각이 나서 "저런 사람은 저래 잘도 다니는데 왜 바보같이 땅속에 누워 있노. 차갑기도 할텐데." 구시렁구시렁 저절로 말이 나오네요. 이 버릇이 언제까지 갈는지 모르겠어요. (2000. 1. 9.)

노인정에서 제삿날을 챙겨서

노인정에서 제삿날을 기억하고 회장님께서 정종 한 병을 갖고 오셔서 너무나 감사했어요. 지나간 여름에는 수박을 사서 대접했

구요. 연말에는 밀감 한 상자 사서 보냈어요. 당신과 같이 지내시던 분들 만나면 참 반가워 해주시고, 당신을 애통해하는 말씀들이 석감사 이야기를 자주한대요.

그제는 연산동에 부산시에서 운영하는 불우노인 점심 봉사를 나갔어요. 밀감 세 상자를 사서 나누어 드렸어요. 초라한 모습으로 낮에 국수 한 그릇 얻어먹으려고 모여드는 노인이 150명이 넘는데, 80세 이상 노인도 많아요. 저 모습으로도 살겠다고 하는데 당신은 왜? 따지고 싶소. (2000. 1. 17.)

장학회 정기 총회

2000년 2월 23일, 수민장학회에서 장학금 전달식과 정기총회를 한다고 연락이 왔어요. 나는 참석하지 않았어요.

미망인 자리가 쑥스럽구요. 당신과 친분이 있는 그 분들 앞에 나서기가 싫었어요. 그런데 우연히 어제는 행길에서 정소봉 이사장을 만났는데 "왜 그제 총회에 나오지 않았느냐"고 하시데요. 안부인사를 나누고 헤어졌는데 오늘은 박혜숙 회장을 또 만났더니 "총회때 형님을 꼭 만날 줄 알았는데 섭섭하였다"는 말과 그날 총회에서 돌아가신 석 사장님 이야기가 있었대요.

이사장님께서 고 석철수 씨의 생전에 하신 일을 치사하시고 미망인이 참석 못했다는 말과 고 석철수 씨의 명복을 비는 뜻에서 박수를 쳤다는 이야기를 들려주시대요. 듣고 보니 감사해서 참석 못한 것이 후회가 되네요. 내년에는 생각해 봐야겠어요. (2000. 2. 27.)

즐거운 소풍날을 기다리며

내일 모레면 당신을 찾아뵈러 간다는 것이 즐거운 소풍날처럼 기다려지네요. 왜인지 나도 모르겠구려. 40여 년 동안 살면서도 멋도 없이 덤덤하게 투정만 하면서 살았는데 뭐가 좋아서인가.

가본들 말 한마디도 못 듣고, 아는지 모르는지 수북한 잔디만을 쳐다보고 올 터인데, 꽃나무라도 한그루 심어서 우리 아이들이랑 내가 찾아왔던 표적이라도 남기면 그것을 보면서 위로 삼아 계실는지 준비나 해서 가볼 양이요.

묘역에 십자가 새겨진 명패도 해 드리고 싶소. 하느님의 자녀 되어 계시는 묘역에 ✝가의 명패를 세우는 날까지 어엿하게 떳떳이 생전의 당당하신 모습 그래도 영화의 안식을 누리세요. 너무 멀어서 자주 못가는 것이 아쉽네요. 모레 일요일 날 갈게요. (2000. 4. 7.)

석 바오로 씨 묘소에 명패를 세우고

석 바오로 씨, 전통 유교 집안에 5형제의 대가족 중에 어려운 선택을 과감하게 하신 것은 하느님께서 저를 사랑하시고 은혜를 베푸시어 부르신 듯 하나이다.

석 바오로 씨, 나는 당신에게 해주고 싶은 것을 마지막으로 해 드릴 수 있어서 하느님께 감사드립니다.

'성도'임을 표시나게 당당하게 당신의 묘소에 세례명의 명패를 세우고 상석 정면에다 ✝표시를 넣어 설치해 놓고 한없이 기뻐하고 있나이다.

당신이 마지막 길을 떠나면서 현명한 선택으로 하느님의 영접을 받고 영원한 행복의 나라 천국으로 가셨으니 두고두고 존경합니다. 선택된 자만이 하느님의 자녀가 된다고 알고 있어요.

참으로 감사하는 마음으로 기도하고 기쁜 마음으로 살다가 나 또한 그 길을 간다는 것, 참으로 다행한 일이라 여겨집니다. 나와 함께 40여 년을 사는 동안 구석구석마다 남기고 간 당신의 흔적들이 많기도 하구려. 당신의 체취를 느끼며 때로는 어쩌면 나를 위해 살다 떠난 것 같은 생각이 들 때도 있나이다.

마지막 생을 마치는 순간에도 나를 천주교에 입적시켜 준 것도 감사하지만, 일평생 자기를 따라 주던 나를 인정해 주듯 자기가 천주교에 입적과 동시에 세례를 받고 본명까지 받으니 생을 마치는 순간까지 나를 얼마나 사랑했는지 가슴이 아리도록 느낍니다.

감사하고 또 감사하나이다.

거룩한 성전에 들어설 때마다 수없이 하느님 감사합니다.

석 바오로 씨 감사합니다. 내가 이 성전에 들어선 것이 꿈이 아닌가. 초기에는 내 살을 꼬집어도 보았나이다.

이제는 2년여 세월이 지나고 보니 엄연한 현실이지만, 당신의 묘소에 가서 보면 이름 없는 묘지 같아서 쓸쓸히 돌아오곤 하였소. 선산이라서 여러 형제분들 눈치가 보이기도 하였으나 형제분들께서 인정해 주시고 협조해 주셔서 참 감사하게 생각합니다. 모두가 당신이 생전에 쌓으신 덕이 헛되지 않았구나 여겨집니다.

석 바오로 씨, 천국 낙원에서 모-든 천사와 성인의 반열에 들어가시어 평화의 안식을 누리소서. 아-멘. 성부와 성자와 성령의 이름으로 아-멘. (2001년 3월 26일 요안나)

석 바오로의 묘소와 묘비

동현이 근무처인 대검찰청에 가보고

엊그제 5월 11일 벼르고 벼르던 끝에 서울에 다녀왔다. 몇 달 전부터 간다고 하면서 이일 저일 걸리는 게 많아서 미루다가 '에라' 하고 이틀 앞에 비행기 예약을 해놓고 나니 또 우리 아들이 근무하는 대검찰청에 가보고 싶다는 생각이 들기에 참 이상하다.

'내가 늙었구나'라는 생각이 문득 들었다.

'아니야, 어미가 아들 근무처에 가는 것은 주책없는 어미라고 옆에 동료들이 흉볼라 안 된다. 집으로 가서 귀여운 혜선, 혜원이나 보면 되지 뭐.' 하고는 서울에 도착하니 오후 3시였다.

친구 유송자를 불러 노닥거리다가 퇴근시간 맞춰서 아들을 불렀다. 전철 안에서 염치 불구하고 "나 거기 구경 좀 하면 안 되지, 퇴근 언제 해?"하였더니 반갑게 "좋다"고 하면서 서초역에서 내려서 올라오면 마중을 나온다고 했다.

서초역에서 내려 올라가니 서울지검이 앞에 보이고 맞은편에 대검찰청 건물과 대법원 건물이 나란히 거창하게 보였다. 정문에서 만나 따라 들어가 보니 퇴근시간이라 한산하였고 5층에 511호실 문에는 [연구관 석동현] 문패가 붙어 있었다.

들어가 보니 넓은 방에 직원은 모두 퇴근하고 없어서 잘 됐구나 싶었다. 어김없이 또 그이 생각이 나서 귓속말로 너의 아버지도 여기 이런데 와 봤으면 좋을걸 혼자서 중얼거렸다. 거창한 책상머리에는 [검사 석동현] 명패가 놓여 있었다.

125

앉지도 않고 일감을 주섬주섬 챙기면서 집에 가서 마저 한다고 했다. 청사 뒤에는 푸른 산이 보이고 앞 정면에는 대법원 건물이 보이고 경치도 좋았다.

집에 갈 때는 아들 옆에 앉아 차를 타 보니 기분이 좋았는데 돌아가신 아버지 차라서 옛날 그이 옆에 많이 타던 차라 더욱 감회가 깊었다. (2001. 5. 13.)

승근이 아버지 병문안을 가서

모처럼 아들 보러 서울에 간 김에 승근이 아버지가 입원해 계시는 중앙대 용산병원에 병문안을 갔다.

그렇게 건장하시던 옛날 모습은 어디가고 눈만 껌벅이고 누워 계시는 환자가 불쌍해서 눈물이 핑 돌았다. 승근이 엄마가 반가워서 손을 잡는데 위로의 말이 막혀 "이봐 친구야, 침대에서 저래 거동도 못하고 말도 못해도 살아계시니 당신은 보고 있으니까 나 보다 좋잖아." 했더니 "저래도 좋으니 말만 좀 해도 낫겠다"고 했다.

"나는 일전에 가봤더니 한마디 말도 없고 묘등만 보고 왔어. 나는 1년에 한번이라도 볼 수 있다면 좋겠다"고 했다. "그렇지"하고 둘이서 눈물을 글썽이며 수척해진 승근이 엄마도 오랜만에 보니 인생의 말로가 다 이런 건가 싶었다.

"동현 아버지는 너무 빨리 가셨어. 동현이 좀 잘 되는거 보고 가시지" 하면서 얼마나 답답한지 영감을 흔들어 대면서 "여보 동현이 엄마한테 인사 해봐"라고 해도 눈만 깜박였다.

나를 보니 그 옛날 부산앞 바다에서 우리 내외랑 배 타고 놀던 일이 생각났던지, 당신 나아서 부산에 가서 배도 타고 했으면 좋겠다고 애걸하는 모습이 그이 앞에 내가 애타하던 자화상 같았다.

오늘 집에 와서 생각해 보니 그제와 어제 서울에 머무는 동안에 아들 대검찰청에 가서 즐거운 일을, 용산병원에 가서 슬픈 일을 보고 두개의 역을 하고 온 셈이다. 아무튼 김형복 씨가 하루속히 쾌유되기를 빌면서.(2001. 5. 14.)

장산계곡에서

말 그대로 거창한 시제 제목과도 같이 느껴지고 긴 계곡의 산수에서 옛 시인의 낭만적인 시조를 읊어서 창으로 열창하는 듯한 감회가 들만치 참으로 정겨운 장산계곡인 듯 싶었다.

강산이 두 번이나 변할 만치 정답게 살아온 이웃사촌들끼리 김밥 짠지 과일에 물 맑은 장산계곡 물가에서 허물없이 털어 좋고 정담을 나누며 먹는 진미가 참으로 한 폭의 그림이라면 두고두고 간직할 만치 아름다운 하루였다.

위층에 과년한 딸과 아래층에 아들 먼데서 찾지 말고 며느리 사위 해보라는 말들이 농담으로 웃어넘긴 화제가 그래도 기억에 남는 덕담같이 옛 이야기 감인 듯 하네.

　내가 남편을 보낸 이후 2년 가까이 선산 이외는 별로 산이나 계곡에 가본 일이 거의 없었다.

　몸과 마음의 상처를 다스리고 코앞에 처리해야 할 복잡한 일들이 내 어깨를 짓누르는 듯 마음에 여유를 갖기가 어려웠을 때에 신앙에 의지하여 시간을 보내며 달래고 몇 시간이나마 다 잊고 어디 푹 빠지고 싶을 때는 고스톱을 간혹 치는 것이 고작이었다.

　이웃에서 장산계곡에 가자고 제의가 왔을 때 약속해 놓고 많은 생각을 하였다. 피곤하면 또 병원 신세를 질까봐 지금도 약을 먹는 중이니 이번 참에 건강 체크 결과 이상이 없으면 자주 이런 기회를 가질까 구상해 본다.

　맑은 계곡 물에 손도 씻고 마음도 씻고 짙은 숲속 그늘에서 쉬엄쉬엄 놀아가며 바람같이 물같이 살아가는 우리네 인생, 웃고 즐기며 자연에 젖어 보약이라 생각하고 자주 가세나.

　친구들이여 항상 즐겁게 기쁘게 하루하루를….
　주님, 이 글을 읽는 이마다 자비를 베푸시고 평화를….
　그리고 건강을 주소서. 아-멘
　성부와 성자와 성령의 이름으로 아-멘(2001. 8. 29.)

산봉산 묘소를 찾아서

석 바오로 씨, 당신이 생전에 끔찍이도 챙기던 음력 8월 초여드 렛날 할머니 기일입니다.

오늘 할머니 제사 모시러 오는 길에 여기 형제분들이랑 당신에 게 고할 일이 있어서 찾아 왔어요. 생전에 남기신 유품들을 삼산당 재실에다 영구보존해 두고 싶어서 막내 아주버님 차에다 싣고 고 향으로 가지고 왔어요. 당신의 의중도 물어볼 수도 없고 의논해 볼 수도 없었으니 저의 판단으로 한 일이니까 나무라지 마시고 용서 하세요.

내가 생을 다하는 날까지 보관해야 옳은 듯하여 많은 생각을 해 봐도 이 길이 더 좋은 것 같았어요. 재실에 방문하는 모든 이가 보 더라도 당신을 사랑하는 마음으로 곱게 보아 주시리라 믿고, 저의 바람입니다.

당신의 유품들을 삼산당 재실에 보관함으로 내 아들들이 고향을 잊지 않고 아버지를 추모하는 마음으로 자주 고향 발걸음을 하지 않을까?하는 저의 생각으로 선택한 일이니 반갑게 받아들였으면 합니다.

당신의 유품을 며칠 전에 꺼내서 닦아 진열해 놓고 계속 눈길이 떨어지지 않아 쳐다보면서 당신을 보낼 때나 다름없이 내 자신 서 글프고 지난날 당신의 일생을 읽으면서 한없이 눈물이 나더이다.

내가 당신이 생각날 때 기차 타고 버-스 타고 택시 대절까지 해 서 달려와도 한 말씀도 없더군요. 잔디 속에 잡초만 뽑아내고 발걸음을 돌렸지만 내가 나이가 들어 힘이 없어서 이 산소에까지 못 올 때는 재실에 당신의 유품이라도 보러 오리다.

내가 여기 당신 곁에 오는 날까지 곱게 바르게 살다 오리다.

당신의 혈육들이 제 갈길 바로 찾아 갈 수 있도록 당신을 대신하여 내가 보살피고 지켜 주리다.

당신이 못 다 보고 못 다 즐기고 가신 일들 내가 보고 즐기고 가서 알려 드리리다.

어떤 처지에서든지 하느님께 감사하며 석 바오로 씨 당신을 생각하며 살다 오리다.

주님, 석 바오로 씨에게 천국 낙원에서 평화의 안식을 누리게 하소서. 여기 오신 모든이의 발걸음마다 평화의 길로 인도하는 믿음을 주소서. 아-멘

우리 주 그리스도를 통하여 비나이다. 아-멘
성부와 성자 성령의 이름으로 비나이다. 아-멘

(2001. 9. 24. 산봉산에서 요안나)

삼산당 재실에 유품을 옮겨 놓고

여러 종친 어르신께 죄송합니다. 제가 하는 일이 올곧지 못한 일인지 혹여 말썽감은 아닌지 염치없는 처사인지 모르겠사와 먼저 양해해 달라는 말씀부터 우선 올립니다.

유품이라는 게 대단한 것은 아니지만, 제가 두고두고 보관해야 되는 것은 자명한 일인 줄 아오나 먼 훗날 저에게도 한계가 있으니 노파심에서 결심한 일입니다.

변명 같지만 도시에 사는 자식들이 이사할 때라든지 무거운 짐이 되지 않을까 하는 한가지와 또 덧붙여서 고인이 된 아버지를 추모하는 마음으로 자식들이 고향을 잊지 않고 찾아가지 않을까 하

삼산당(三山堂) 재실
아버지 고향마을(성주 삽실)에 있는 삼산당 재실

여 저 혼자의 판단이 여기까지 이르렀습니다.

여러 어르신이나 보시는 분들마다 고인을 아끼고 사랑하는 마음으로 보아 주시면 감사 하겠습니다.

장롱 안에 넣어둔 이 유품을 꺼내서 가지고 가려하니 고인을 보낼 때나 다름없이 저의 마음이 착잡하고 서운하면서도 고향이 있다는 게 자랑스럽습니다.

원컨대 삼산당 재실이 자손만대에 빛나고 수수만대 자손들이 번영하여 타지에 나가 사는 모든 석씨 자손들까지도 삼산당 재실에 모여 석씨 가문의 구심점이 되었으면 하는 바람입니다.

(2001년 9월 24일 부산 고 석철수 가족 올림)

연하장을 받아들고

단정한 글씨로 써 보낸 연하장이
참으로 반갑더이다.
나를 잊지 않고 기억하여
안부를 물음에 내내 고맙더이다.
인제는 인사를 받을 때가 되었나 싶으니 조금은 서글프더이다.
그대의 웃는 얼굴 회상하면서
그래도 내내 기쁜 마음이었던 것은
깊은 향을 풍기는 보낸이의 마음씀이에
오래도록 행복하더이다.
연하장 봉투에 나란히 자리한
두 이름이 너무나 보기 좋더이다.
어느 집 문패를 생각나게 하는 것이
내 마음이 몹시 따뜻하더이다.
선물까지 포장해 보낸 것 뜯어보면서
그 정성이 고마워 눈물이 핑 돌더이다.
또 한해 잘 보낼 것 같아 자신이 생기더이다.
정이란게 새록새록 움터 나와 뿌듯하더이다.

(2002년 임오년 초사일 여숙아[요안나] 일기장에서)

2부

나의 이야기

부부 중 한 사람은 검사장으로 승진하고,
한 사람은 국회의원이 되는 겹경사를 맞았으니
이런 부부가 또 있겠나 하고 많은 분들이 축하해 주셨다.
나는 겹경사라는 말에 순간적으로 우리 두 사람은
더욱 더 겸손해야 한다.
만약 그렇게 하지 않으면 겹경사가 '급경사'로
추락할 수 있다고 화답했다.
농담 같지만 진심이 담긴 말이다.

1장

검사가 되기 전까지

01 어릴 적 그 시절

가족 이야기

나는 1960년 9월 15일(음력 7월 25일)에 부산 동구 범일동에서 태어났다. 부모님은 슬하에 형님(작고)과 나, 그리고 여동생 등 2남 1녀를 두셨다. 나의 본적지는 부산 동구 범일동 297번지인데 내가 태어난 집은 그 곳에서 멀지 않은 성남초등학교 옆 자성고가교(사람들은 오버 브릿지라 부른다) 자리였고, 자성고가교가 만들어지면서 그 집은 없어졌다.

본적지인 범일동 297번지는 내가 다녔던 성남초등학교와 남문시장 사이 옆 골목 안에 있는 엿공장과 그 공장에 붙어 있는 주택이 있는 곳으로 그곳에서 나는 초등학교, 중학교, 고등학교를 모두 다녔고 대학 입학을 하러 서울로 떠날 때까지 온 가족이 함께 계속 살았다.

집은 상당히 오래 전에 지어진 2층 목조주택으로 형님과 나는 2층에서 지냈는데 방바닥에는 다다미가 깔려 있었고, 겨울에도 따로 난방을 하지 않아 겨울 몇 달간은 상당히 춥게 지냈던 기억이 난다.

선친은 1931년생으로 경북 성주군 선남면 도흥동 삽실에서 태어나셨다. 형제 중 어릴 때 돌아가신 분도 있다고 들었지만, 우리가 아는 범위 내에서는 선친은 다섯 분의 형제 중 둘째이셨고, 두 분의 고모님이 계셨다. 선친은 대구 계성고등학교와 대구사범을 졸업하신 후, 6·25전쟁기간 중 헌병 9기로 군에 입대하셨고, 약 6년간 헌병 하사관으로 근무하다가 1950년대 중반에 제대하였다.

이 땅의 많은 아버지들이 일생동안 그러했듯, 아버지는 일제시대와 6·25전란, 전후의 복구, 산업화와 민주화 등 압축 성장 시대를 살아오면서 근면성실하게 자수성가한 분이었다. 자식들이 잘못하는 것이나 예절에 벗어난 행동을 하는 것은 엄히 나무라면서도, 잘한 것에 대한 칭찬과 격려에는 참 인색했던 엄한 아버지의 전형이었다. 내 가족을 위한 물질에는 모든 것을 아끼면서도 주변 사람들의 일이나 집안 일, 문중, 지역공동체 등의 일에는 당신이 필요하다고 판단하면 전혀 아끼지 않고 베푸는 분이셨다.

선친은 칠순의 목전에서 담도암이라는 병을 얻어 결국 돌아가시게 되었다. 병 또한 그 직전까지 수년 동안 충주 석 병사공파의 파조 할아버지 재실(석천재)을 중건하는 일로 직접 차를 운전하여 부산과 의령을 수십 번 오가는 무리한 생활 속에서 병원을 제때 가지 못하여 얻은 병으로 기억한다.

모친은 1937년생으로 선친과 같은 경북 성주군 출신이다. 벽진면 장기마을에서 자라 선친에게 열아홉에 시집오셨다고 한다. 학교는 초등학교 밖에 나오지 못했지만, 경험에서 우러난 지혜나 판단력은 놀라울 정도이고, 살아가면서 이런 저런 선택을 해야 할 때

석천재(石川齋) 재실
경남 의령군에 있는 병사공파 파조 할아버지의 재실, 아버지께서 돌아가시기 전까지 중건 위원장을 맡아 지으셨다.

결단력은 검사장까지 지낸 나도 따라가기가 힘들 정도이다.

선친이 우리 삼남매를 항시 엄하게 대하실 때 모친은 자애로움으로 우리를 달래주시는 한편, 항시 당신보다는 우리 삼남매를 더 생각하시는 분이었다. 어느 부모인들 자식 사랑에서 남들에게 뒤질 부모가 없겠으나, 오늘의 우리 삼남매를 만든 것은 전적으로 부모님의 헌신적 삶 덕분이다. 특히 내가 학창시절부터 반장과 학생회장을 도맡았던 것은 공부에만 몰두하기보다 화합과 포용의 정신으로 항시 주위 사람들을 위하여 살라고 하신 모친의 가르침에서 연유하였다고 본다.

모친은 글 솜씨도 뛰어나셨다. 내가 대학에 입학하면서 부산을 떠난 이후로 지금까지 많은 세월을 객지 생활하면서 모친으로부터 받은 편지가 2백 통은 넘을 것이다. 무슨 내용을 말하고자 하는지가 분명하게 전달될 정도로 문장도 깔끔할 뿐 아니라 한글 맞춤법도 별로 틀리는 법이 없었다.

글 솜씨가 뛰어나서 회갑 무렵에는 동네 노인대학에서 배운 워드프로세서로 직접 일일이 타자를 쳐 나의 어린 시절 이야기, 그리고 선친의 작고 후에 당신이 느낀 여러 가지 인생소회 등을 글로 정리하기도 하였다.

그 글을 A4용지로 프린트 한 후, 책자 형태로 제본하여 주변 지인들에게 돌린 것만 해도 수백 권에 이른다. 책을 받아본 분들은 모두 다 글 내용도 내용이지만, 모친이 직접 그 글을 손으로 타이핑한 것에 탄복을 하는 경우가 많았다. 바로 이 책의 제1부에 그 내용을 실었다.

두 분 사이에서 형(동옥)은 대구에서 나고, 부산으로 이주한 이듬해인 1960년에 내가 나고 그 후 3년 뒤에 다시 여동생(현옥)이 태어났다.

형에 대한 추억

형은 나보다 세 살 위였다. 형은 어릴 때 오른손 소아마비를 앓아 오른손을 제대로 쓰지 못하는 불편 속에 살다가 2004년 여름 직장암으로 먼저 소천하였다.

형이 한 손을 제대로 못쓰는 것으로 인해 일상생활에서 많은 불편을 겪는 것을 오랜 세월 지켜보면서 내가 평소 가졌던 생각은, 만약 불가피하게 손이나 다리 중 어느 한 곳이 장애를 겪어야 한다면 손보다는 차라리 다리가 불편한 사람들이 조금은 더 나을 것 같았다.

　예컨대 글씨를 오른손이 아닌 왼손으로 쓰는 것은 비록 소아마비가 아니더라도 왼손잡이들이 다 그러할 것이니 그것은 무시한다 치자. 생활 속에서 양손이 필요하고 양손을 다 써야 할 일, 즉 바지 혁대를 메고 풀거나 소매 단추가 달린 와이셔츠를 입고 벗거나 하는 일, 화장실에서 용변을 보는 일 등을 한 손으로 한다고 생각해 보라. 형을 생각하면 형 몫의 복까지 내가 다 누리고, 형은 내 몫의 고생까지 다 안고 산 것이 아닌가 그렇게 느낄 때가 참 많았다.

사법연수원에 들어간 직후 가족과 함께(1984. 3.)

형을 생각하면 애틋한 기억밖에 없다. 내가 대학을 들어가기 전까지 우리 가족이 살았던 범일동 2층 목조 집에서 형과 나는 2층에서 한방을 쓰면서 자랐다. 몸이 불편하고 장애가 있다 보면 성격적으로 거칠거나 생각이 약간 삐딱해질 수도 있겠지만, 형의 경우 착하고 자애로운 성품을 지녔다. 몸이 불편한 속에서도 성실하여 전문대학까지 나와 여러 개의 자격증을 취득하였고, 그것을 바탕으로 컨테이너 부두 운영공사에 위험물관리 주임으로 들어가서 병을 얻어 그만둘 때까지 20년 가까이 잘 다녔다.

안타까웠던 일은 마지막 10여 년 동안 직장 동료들로부터 금전 차용이나 보증 등 수십 건을 해주고는, 상대가 그 돈을 갚지 않아 급여가 여러 번 압류되는 등 상처를 받은 일이었다. 형은 주변 사람들이 부탁을 하면 거절을 잘 못하다 보니 늘 금전적 피해를 당하기가 다반사였다.

형의 죽음은 나의 생명을 구하고 간 것이나 다름없다. 형이 2002년 초에 직장암을 진단받았다는 소리에 아차! 싶어 나도 종합검사를 하면서 대장내시경을 난생 처음 신청하게 되었고, 그 검사결과 나도 대장암이 진행되고 있다는 사실을 알게 되었던 것이다.

아버지의 엿공장

선친은 내가 초등학교에 입학하기 전에 범일동 엿공장에 취직하였다가, 그 엿공장의 사장으로부터 공장을 인수하여 경영자가 되었다. 식구들은 엿공장과 붙어 있는 2층 주택에서 내가 고등학교를 졸업 후 곧바로 서울로 떠나던 1979년 2월경까지 살았다.

부모님은 매일 새벽 2~3시면 일어나 살림집에 붙어 있는 공장으로 가셔서 5~6명 되는 종업원들과 함께 엿을 생산하였다. 그리고 동이 틀 무렵, 엿이 다 만들어지면 종업원 중 일부는 자전거로 그 엿을 제과점과 고물상으로 배달하였다.

새벽부터 엿을 만드느라 공장은 항시 새벽 내내 시끌시끌하게 돌아갔다. 공장과 바로 붙어 있는 집은 방음이 전혀 되지 않았고, 사람들이 부엌으로 왔다 갔다 하면서 소란스러웠다. 그래서 우리 형제는 어릴 때부터 늦잠을 잘 수가 없었다. 그렇게 엿공장과 살림집이 함께 붙어있다 보니, 중·고등학생 시절에 내가 제일 부러웠던 친구는 자기 부친이 회사 다니는 친구들이었다. 그런 집은 낮이나 저녁이나 그저 조용할 것이라 생각했기 때문이다.

이렇게 엿공장 일로 항시 소란스럽던 주거환경은 묘하게 내가 고등학교를 졸업하고 대학진학을 위해 서울로 떠날 무렵에 끝이 났다. 그 당시 아버지는 엿공장을 정리하셨고, 서울로 떠난 나를 제외한 우리 집 식구들은 모두 조방 앞의 아파트로 이주하여 비로소 아파트 생활이 시작되었다. 엿공장 자리에는 3층 건물을 지어 지금까지 모친은 그 건물의 임대수익으로 생활을 하고 계신다.

남문시장, 부산진시장, 오버브릿지··· 유년기의 추억

길은 건물보다 수명이 길다. 건물은 무너지거나 헐려면 100년을 넘기기 힘들지만, 길은 그 몇 배의 시간 동안 차곡차곡 세월을 쌓아간다. 아직도 옛길들이 남아 있는 부산 동구, 거미줄처럼 얽힌 작은 골목길에는 낡은 겉모습만으로 헤아릴 수 없는 수많은 유년기의 추억이 새록새록 담겨 있다.

집이 있는 골목길을 조금만 걸어서 약간 큰길로 접어들면 바로 남문시장이 있었고, 남문시장의 북쪽에는 서너 배 정도 더 큰 면적의 부산진시장이 있었다. 두 시장의 건물은 서로 다닥다닥 붙어 있고, 시장 내에 통로로 연결되어 있었다. 부산진시장은 예나 지금이나 전통을 자랑하며, 부산의 재래 시장 중에서 양복지 등을 취급하는 원단가게와 한복가게가 많기로 유명하다.

오버브릿지는 남북으로 길게 뻗어 있어서 경부선 철도를 넘어가기 위해 만든 석조 다리이다. 다리 아래로는 KTX가 하루에도 수십 번 쌩쌩 달리고 그 위로는 자동차들과 사람들이 바삐 움직인다.

초등학교 시절

우리 삼남매가 차례로 다닌 성남초등학교는 우리 집과 붙어 있었다. 부모님이 경영했던 엿공장의 담이 바로 성남초등학교의 담벼락이었다.

성남초등학교는 부산 동구 범일동 오버브릿지 밑에 위치해 있었으므로, 동구 일대에서는 명성 있는 학교였다. 학교는 70, 80년대에서 흔히 볼 수 있는 콩나물시루 같은 교실에, 한 학급에 70여 명의 학생들이 옹기종이 모여 그야말로 돌아설 틈도 거의 없는 숨막히는 공간에, 학급수도 한 학년에 17개 반, 18개 반이 있을 정도였다.

성남초등학교는 공립이어서 학교재정이 넉넉지 않았을텐데, 농구부, 기계체조부, 육상부, 씨름부, 탁구부 등 운동부가 많았다. 그리고 내 기억으로는 농구부와 탁구부, 기계체조부는 부산뿐만 아

초등학교 5학년 가을소풍, 뒷줄 왼쪽 끝이 나, 오른쪽 끝이 김달주 선생님(1971. 10.)

니라 전국대회에서도 우승할 정도로 실력이 좋았다.

초등학교 3학년 때까지는 모두 여선생님이 담임이었다. 1학년은 이영애 선생님, 2학년은 허차희 선생님, 3학년은 이필련 선생님이었다. 4학년부터는 모두 남선생님이었는데 4학년은 전병기 선생님, 5학년은 김달주 선생님, 6학년은 이두억 선생님이었다.

5학년 담임이셨던 김달주 선생님은 교장을 거쳐 그후 교육장까지 지내신 분으로 내가 2011년 부산에 지검장으로 부임하였을 때 바로 연락이 닿았고, 모친과 함께 부산지검장 집무실을 방문까지 하시기도 하였다.

그리고 나는 성남초등학교 5학년 때, 두 학기 모두 전교어린이회 부회장으로 뽑혔고, 6학년 때에도 1학기와 2학기 두 번 다 전교어린이회 회장에 뽑혔다. 2년간 치러진 네 번의 선거는 4학년 이상 각 학급의 반장, 부반장들이 투표하는 간접선거였는데, 그 네 번의 선거에서 모두 당선된 것이다.

모든 것이 부족하고 가난했던 시절이었음에도 이름과 기호가 인쇄된 용지를 돌렸던 기억, 소견 발표를 하기 위해 원고를 외워서 투표가 진행된 도서실에서 반장, 부반장들을 상대로 회장이 되면 어떻게 하겠노라고 짧은 연설을 했던 기억도 난다.

내가 네 번의 전교어린이회 부회장, 회장 선거에 당선되어 다른 동기생들이 초등학교 시절에 임원 경험을 해 볼 수 있는 기회를 주지 못한 것에 대해 미안한 마음이 지금도 남아 있다.

중학교 시절

1973년 추첨으로 대연동 고개에 있던 대연중학교로 입학을 하게 되었다. 대연중학교는 내가 4회 졸업생일 정도로 신생학교인데다 몇 곳 안 되는 공립중학교였다. 아침에 대연동 고개 정상의 시내버스 정류장에서 내려 학교로 걸어가면서 다른 학생들과 마찬가지로 학교 밑이나 부근 동네에서 주민들이 길에 내놓은 연탄재를 학교까지 수없이 날랐던 기억이 생생하다.

3학년 때 선거를 했는지 선생님들의 추천에 의하여 뽑혔는지는

중학교 졸업식 때 졸업생 대표로 단상에 서다(1976. 2.)

잘 기억나지 않는다. 그해 5월경 부산에서 제4회 전국소년체육대회가 열렸다. 구덕운동장에서 열린 개회식에 내가 전체 선수단과 관객들을 대상으로 구령할 총지휘자로 뽑혔다. 당시 총지휘자를 선발하기 위해 부산교육위원회 강당에 부산시내 남중학교 학생회장들이 다 모여서 차례로 구령 등을 하는 과정을 거쳐 내가 총지휘자로 선발된 것이다.

개회식에서 총지휘자인 나는 태극기 다음으로 각 시도 선수단의 맨 앞에서 입장한 다음 전체 선수단을 상대로 구령을 하였다. 초등학교 동기생인 유광후 군은 농구선수로 출전하면서 페어플레이를 다짐하는 대표선서를 하였다.

유광후 군과 나는 그때 각 신문에 얼굴사진과 함께 총지휘자와 대표선서자로 소개되었다. 그때 나를 소개한 부산의 지역신문 인터뷰 기사에는 중학생이었음에도 꿈을 정치가로 소개하였다.

고등학교 시절

1976년 추첨을 거쳐 부산진구 전포동 황령산 중턱에 있는 부산동고등학교로 입학하게 되었다. 부산동고는 지금 부산지역의 신흥명문이 되었지만, 고등학교 추첨입학제가 도입되기 전까지는 평화종합고등학교라는 교명으로 부산에서는 이른바 가장 수준 낮은 학교였다. 그런 학교가 고등학교 추첨제 도입 이후, 교명 변경과 함께 인문계 고등학교로 전환한 학교였다.

우리가 고등학교 추첨 세 번째 기수였기 때문에, 입학할 당시에는 1~3학년 전부가 추첨제 입학생이었다.

고등학교 3학년 졸업 무렵(1978. 2.)

2학년 여름방학에는 우리 학교 대표로 부산시 전체 고등학교 학도호국단(지금의 학생회) 간부들과 함께 2박 3일간 전방 땅굴 견학을 다녀오기도 하였다.

그때 국회의원이던 박찬종 의원을 만나 인사를 드린 적이 있다. 박찬종 의원은 고시 3과를 패스하신 분으로 국회의원을 다섯 번 지냈고 대통령 출마도 하신 바 있다. 선친이 박찬종 의원의 국회의원 선거를 도와 주신 인연이 있어 국회 방문시 찾아가게 된 것으로 기억한다.

이후, 3학년에는 지금의 학생회장 격인 연대장으로 임명되었다. 각 학급의 성적 우수한 친구들은 대학입시 준비에 방해된다는 이유로 학급 반장조차 맡는 것을 기피하였으나, 나는 학교 선생님들의 권유로 연대장까지 맡았다. 연대장으로서 매주 월요일 아침 운동장에 전교생이 모여서 조회를 할 때, 제일 앞쪽 중앙에서 구령을 하는 것은 기본이고, 그 밖에도 나는 부산시내 고등학교들이 모두 참여하는 교련경연대회 때에는 학교를 대표해서 100명 정도의 학생들과 함께 출전하여 분열, 열병도 하고 부산시내 행진을 할 때 지휘자를 맡기도 하였다.

엿배달의 추억

나에게는 학교 동기생들에게 없는 독특한 경험과 추억이 있다. 그것은 거래처에 짐자전거로 엿배달을 다닌 일이다. 중학교 3학년 여름방학 무렵에 엿공장 종업원 아저씨에게서 엿을 싣고 다니는 짐자전거 타는 법을 배웠다. 그때 내 키는 지금의 키와 거의 같은 173센티로서 또래 동기생들보다 컸다.

중학교 3학년 여름방학 무렵부터 고등학교 2학년 시절까지 학기 중에는 등교전에(방학 때는 좀 더 늦은 시간까지) 부모님이 운영하는 엿공장에서 만든 엿을 미군부대에서 쓰던 철로 된 통에 담아 여러 군데의 거래처에 배달하였다. 특히 문현동의 동천 주변에 많았던 여러 군데의 고물상으로 엿배달을 많이 다녔다.

엿을 철제 통에 담아 고물상으로 가져가면, 그곳에서 일하는 고물 수집하는 엿장수 아저씨들이 그 엿을 조금씩 나누어서 흰 엿으로 만들고, 그 엿을 리어카에 싣고 하루 종일 주택가 등지를 돌아다니며 엿을 주고 고물을 수집하여 저녁에 고물상으로 돌아와 돈으로 바꾸고 다음 날에도 다시 같은 일을 반복하는 구조였다.

그렇게 엿배달을 다니면서 엿장수 아저씨들의 힘겹고, 팍팍한 삶을 직접 목도한 것은 내가 나중에 검사 생활을 하는 동안에도 처벌 수위를 정하는 데 많은 도움이 되었다.

지금이야 추억이라 말할 수 있지만, 엿배달의 기억이 다 좋은 것은 아니다. 학기 중에 아침 일찍 엿배달을 가던 길에 학교 동기생들 특히 여학생들과 마주쳤을 때의 곤혹스러웠던 기억.

어느 날 엿이 가득 담긴 통을 자전거 뒤에 싣고 조방 앞 차도를 건너다가 차도 한가운데 있던 기차 선로의 틈새에 자전거 앞바퀴가 끼이면서 자전거가 넘어지고, 그 바람에 통에 담겨있던 엿이 전부 길에 쏟아지면서 그 통을 자전거에 도로 싣느라고 입고 있던 옷이 전부 엿으로 범벅이 되었던 일 등 당시에는 무척 당혹스러웠으나 지금은 아련한 추억으로 남아있다.

그리고 저녁에 고물상을 돌면서 새벽에 배달했던 엿통을 수거하고, 엿값도 수금하는데 엿값으로 수금한 돈을 돈 주머니에 담아 자전거 손잡이에 걸고 집으로 돌아오던 중에 돈 주머니 아랫부분이 찢어져 돈들을 몽땅 길에 다 흘린 것도 모르고 집까지 왔다가 돈 주머니가 텅 빈 것을 알고 놀라고 당황했던 기억도 눈에 선하다.

02 대학시절, 교제 그리고 결혼

엿집 아들, 서울대학교 법대에 입학

이처럼 가끔은 학기 중인데도 추리닝 차림으로 아침에 엿 배달도 하고, 이러다 보니 일부 거래처는 나를 석사장 집의 일하는 아들로 생각했던 모양이다. 즉 석 사장에게 아들이 둘이 있는데, 한 아들은 일하고, 한 아들은 공부만 하는지 코빼기도 잘 안 보이는데 마치 석사장 집 아들이 서울대 갈 정도로 공부를 잘한다 하니 내가 아닌 형님을 공부 잘하는 석 사장 집 아들인 것으로 알았던 모양이다.

가끔 배달을 나가면 어떤 사람들은 나에게 "석 사장 아들이 공부를 잘한다면서"라고 묻기도 했고, 그때 내가 "그 아들이 바로 접니다. 저는 서울대가 목표입니다"하면 사람들이 듣고 하하 웃기도 했다.

서울대학교 법대 입학시험 본고사를 치루고 와서 집에 머무르고 있던 중 합격소식을 전해 들었을 때 부엌에서 깨를 볶고 계시던 어머님이 "우리 아들이 서울대 법대에 들어갔다"고 몇 번이고 말하면서 덩실덩실 춤을 추며 좋아했던 모습이 아직도 눈에 선하다. 대학에 입학하게 되면서 처음으로 부산을 떠나 객지생활을 시작하게 되었다.

내 인생을 분류해 보자면, 제 1막은 성장기와 서울대 입학, 서울대 졸업에서 사법연수원까지 인생 준비기, 검사가 된 이후 26년간의 검사 생활, 서울동부지검장을 끝으로 퇴직하면서 검사 생활을 마감한 것이다. 제 2막은 검사 퇴임 후, 어렸을 때의 꿈을 현실로 옮기기 위해 또 다른 세계의 도전을 준비하고 있다.

10·26사건과 12·12사건

대학시절을 떠올리면 누구나 가슴 뜨거워지는 추억 하나쯤 간직하고 있을 것이다. 처음 맛보는 자유와 실천하는 지식인으로서 의무감, 그 속에서 자신의 세계관과 가치관을 정립해 나가며 치열하게 살았던 80년대 대학시절은 더욱 특별한 기억으로 남아 있으며, 그 시절을 함께 했던 많은 젊은이들에게 꿈과 희망을 안겨 주기도 했다.

내가 입학하던 그해 1979년에 10·26사건과 12·12사건이 일어났다. 10·26사건이 발생한 10월 26일 저녁, 나는 대학동기인 유철환과 둘이서 단풍이 유명한 내장산에 가기 위해 용산역에서 호남선 완행열차를 타고 정읍으로 향했다.

그런데 다음날 새벽, 정읍역에 내리니 '비상계엄선포'가 내려졌다는 호외가 길에 깔려 있었고, 곧이어 다시 '대통령 유고(有故)'라는 활자가 크게 찍힌 호외가 뿌려지고 있었다. 그 호외를 보고 비로소 전날 밤 서울에서 무슨 일이 일어났는지를 알게 되었다. 김재규 중앙정보부장이 박정희 대통령과 저녁을 하는 자리에서 총을 쏘아 박정희 대통령을 시해하였던 것이다.

비상계엄이 선포되면서 연말까지 모든 대학은 휴교를 했고, 12월 12일에는 전두환 보안사령관이 계엄사령관인 육군참모총장 정승화를 체포하는 일이 벌어졌다.

민주화의 봄, 법대 2학년 회장으로 뽑히다

1980년 3월 전두환 보안사령관이 정부의 실권을 장악한 가운데 휴교령이 끝나고 대학의 문이 다시 열렸다 개학을 한 것이다. 그 무렵 각 대학은 거의 20년 만에 학도호국단 시절을 마감하고 총학생회를 구성하게 되었다. 이를 두고 언론에서는 '민주화의 봄'이라 불렀다.

서울대학교에서는 당시 4학년이었던 심재철(전 국회의원)이 총학생회 회장으로, 3학년이었던 유시민(노무현재단 이사장)이 대의원회 의장으로 선출이 되었다. 우리 법대에서는 3학년이었던 이철수(현 서울대 로스쿨 교수)가 법대 학생회장으로, 내가 법대 2학년 회장으로 각각 선출되었다.

사실 나로서는 학년회장으로 선출된 그날 아침 등교할 때까지도 전혀 출마할 생각이 없었다. 선거장소인 강의실 안팎에는 이미 광주지역 출신학생들을 중심으로 광주고 출신인 모 동기생(현재 정계에 진출해 있다)을 회장으로 내정하였다는 이야기가 돌았지만, 투표에 앞서 후보자를 추천하는 절차가 있었고 그 절차에서 누군가가 나를 추천하였다.

순간적으로 후보직을 사양할까 하다가 다른 피추천자들과 함께 동기생들 앞에서 간략히 소견을 발표하게 되었는데, 내가 표를 제일 많이 받는 바람에 덜컥 당선된 것이다.

미리 준비한 것도 없이 즉석에서 발표한 소견 내용은, '우리 동기생들 중에는 군대를 갔다와 나이가 많은 형님들도 많은데, 어린 제가 외람되게 추천된 것 같고, 만약 동기회장이 되면 학생회가 오랫동안 구성조차 되지 않다가 이제야 새롭게 출범하는 만큼 정치적 선동이나 구호보다는 학생들의 권익향상을 최우선 과제로 생각하고 일을 하겠다'고 했던 것 같다.

거창한 구호보다 그런 겸손하고 소박한 공약이 뜻밖에 동기생들에게 공감을 얻었던 것이 아니었나 생각된다.

졸업식을 앞두고 졸업앨범을 편집하면서(1982. 12.)

고단한 사법시험 도전기

재학 중 합격을 목표로 법대 2학년 겨울부터 사법시험 준비를 시작하였다. 3학년 때 1차 시험에 합격후 4학년 여름에 동국대학교에서 제24회 사법시험 2차 시험을 치르게 되었는데 비교적 자신감을 가지고 시험장에 갔다가 예상치 못하게 수험생들이 가장 쉽게 생각하는 형사소송법 과목에서 오른손 손목의 경련으로 일시 마비되는 등 소동 끝에 과락이 되었고, 그 바람에 보기좋게 미끄러지고 말았다.

재학 중 '합격'이라는 목표가 실패로 돌아간 뒤 더 이상 법서를 보기도 싫어 빈둥빈둥 지내다가 1983년 2월 허탈한 심정으로 법대를 졸업하고 서울대 대학원으로 진학하였다. 겨우 한번 낙방한 것임에도 불구하고, 다시는 사법시험을 안 보고 공부를 해서 교수가 되겠다는 다소 교만한 생각을 가졌다.

그런데 당시 지도 교수이면서 헌법학계의 태두셨던 고 권영성 교수님께서 이제는 법대 교수가 되려고 해도 변호사 자격은 반드시 따두어야 한다며 적극적으로 한번 더 사법시험에 도전하라고 강력히 권유를 하시지 않는가.

그것이 계기가 되어 다시 사법시험을 도전하려고 보니 이미 전년도에 공부하던 법서들은 내다버린 상태였다. 그래 할 수 없이 법서를 새로 다 사야했는데, 막상 공부를 하려고 보니 절대적으로 준비기간이 부족하여 전년도 가을과 겨울 내내 딴짓하고 허송세월을 보낸 것이 후회막급이었다.

그래서 시험 전까지 각 과목을 단 1독이라도 할 수 있었으면 하고 정신없이 책을 들여다 본 결과 하나님의 도우심 덕분에 그 부족한 준비기간에도 불구하고 1, 2, 3차를 동시에 그것도 비교적 괜찮은 성적으로 통과할 수가 있었다.

돌이켜보면 4학년때 곧바로 재학 중 합격한 것보다 한번이라도 낙방을 경험해 본 것이 인내심을 기르게 되고 나를 돌아보며 다시 꿋꿋하게 만든 계기가 된 것 같다.

제25회 사법시험
합격증서(1983. 10.)

157

잊을 수 없는 일들 ①
가짜 서울대 법대생을 찾아내다

졸업식을 두어 달 정도 앞둔 1982년 연말 무렵이었다. 학교의 요청으로 동기회장인 내가 졸업앨범 편집과 교정을 보게 되었는데, 그 과정에서 2년 이상 함께 서울대 법대를 다닌 김 모 씨가 사실은 서울대에 입학한 적도 없는 가짜 학생임을 발견하게 되었다.

김 모 씨는 마치 검정고시 출신 복학생 행세를 하면서 나를 포함한 79학번 동기생들과 법대 수업도 같이 듣고, 수학여행도 같이 갔으며, 특히 더 놀라운 일은 그때 서울대 법대 황 모 교수님의 주례로 결혼식까지 올렸다는 점이다.

당시 서울대 법대 주변에는 가짜 법대생들이 적지 않았지만, 가짜 학생들은 거의 전부 학교 밖에서 법대생 행세를 하였다. 그러나 김 모 씨는 용감하게도 79학번들이 2학년으로 올라가자, 그해 2학기부터 다른 복학생들 틈에 섞여 학교 안까지 들어와 법대생 행세를 하였던 것이다.

내가 김 모 씨의 가짜 학생 행세를 밝혀낸 과정은, 당시 법대 행정실에서 동기회장인 나에게 그해 졸업생들이 학사모를 쓰고 찍은 사진이 가나다순으로 붙어 있는 졸업앨범 가편집본을 주면서 사진과 이름이 일치하는지, 오기는 없는지 확인해 주길 요청해 왔다. 사진관에서 만들어온 가편집 본에는 김 모 씨도 당연히 있었다.

그런데 당시 나는 우연히 졸업생들 사진 밑에 단지 이름만 넣을 것이 아니라 생년월일과 출신 고등학교 등을 표시해 넣자는 생각을 하게 되었다. 그리하여 행정실에서 학적부를 가져와 일일이 한 사람씩 그 사항을 확인하고 적어 넣었는데, 김 모 씨의 경우 학적부 기록을 찾을 수가 없었고, 그 결과 학적이 없는 가짜 학생임을 확인하게 된 것이다. 우연한 일로 생각지도 못한 황당한 경험을 한 셈이다.

그 가짜 학생 김 모씨는 그후 30년 쯤 세월이 흐른 2013년 무렵 M저축은행의 사주가 되어 불법대출 등 온갖 비리를 저지르고 중국으로 밀항하다 검거된 적이 있는데, 30년 전 가짜 서울대 법대생 행세를 하다가 탄로가 났던 것이 다시 화제가 되기도 하였다.

잊을 수 없는 일들 ②
벤츠 덕분에 사법시험에 합격하다

1983년 여름 제25회 사법시험에 합격을 하였는데 그해 2차 시험 기간 중 나는 고교선배인 김기현(현 국민의 힘 원내총무)선배의 형님 친구가 내준 벤츠 승용차를 타고 김 선배와 함께 2차시험장에 도착했다. 그런데 만약 그 벤츠 승용차가 없었다면 우리 둘은 시험장 입실도 못했을뻔 했는데 승용차 덕분에 합격을 할 수가 있었다.

이유는, 둘째 날 오전에 벤츠에 김 선배와 동승하여 시험장인 동국대학교로 가던 중, 반포대교에서 원인 모를 이유로 차가 막혀 길에 서 있게 되었다. 시간이 제법 흘러도 교통체증이 해소되지 않자 우리는 더 이상 시간 내에 시험장에 들어갈 방법이 없구나 자포자기 상태, 요즘 말로 멘붕상태에 빠지게 되었다.

그 순간 운전대를 잡고 있던 형님 친구 분이 기지를 발휘해서 서빙고에 있는 미군부대로 차를 몰고 들어갔고 미군부대 내에서 무조건 남산을 향해 빠른 속도로 가다가 북쪽 사이드 입구로 나와 시험장인 동국대학교 쪽으로 가니 겨우 마감 5분 전에 입실할 수가 있었다. 그렇게라도 안 갔으면 도저히 제한 시간 내에 시험장에 입실할 수 없는 상황이었다.

　나중에 그 운전자에게 물어보니 미군부대에 차 채로 불쑥 들어
갈 수 있었던 것은 그 차가 고급 벤츠 승용차인데다가 당시 미군부
대 출입증이 차창에 부착되어 있었기 때문이라고 하였다.

　다만 미군부대 안으로 들어가서 동국대학교로 연결되는 그 길은
자신도 그날 처음 가본 길이었는데, 그렇게 하지 않으면 시험장에
제때 도저히 들어갈 방법이 없을 것 같아 모험을 하였단다.

방위병으로 군복무를 마치다

뒤돌아보면 주어진 모든 일에 최선을 다하며 살았기에 큰 후회
는 없다. 그러나 내가 지금까지 일생을 두고, 아쉬움과 후회를 하
는 것이 있다면 군대를 방위병으로 갔던 일이다.

1985년 12월 사법연수원을 수료하던 그 달에 태릉 불암산 기슭
에 있었던 ○○사단에 입대하여 헌병대에서 14개월간 방위근무를
했다. 그 부대는 당시 서울 성동구 옥수동에 있던 처가에 주민등록
이 되어 있었기에 서울 성동구에서 소집영장이 나왔다.

방위병 시절, 맨 왼쪽에 서 있는 사람이 나(1986. 1.)

    사법연수원을 마치면 으레 법무관으로 군대를 가는데, 방위병으로 가게 된 것은 그럴 사정이 있었다. 대학 4학년 때 병역검사에서 좌우 시력차이로 보충역 판정을 받았다. 보충역 판정을 받아도 법무관 입대가 가능한데 연수원 동기생들이 군대에 갈 시점에는 법무관 정원이 매우 부족했기 때문이다.

    법무관을 늘리지 않아 사제안전, 정훈, 헌병장교 등으로 입대하여야 하는 상황이 되자 연수원 동기생들 간에 보충역 판정자는 방

계룡대에서 명예헌병 위촉행사 때(2012. 6.)

위병 복무기간이 짧으니 방위병으로 가서 법무관 경쟁률을 조금이라도 줄이자는 분위기가 강했다.

그렇게 하여 방위로 군대를 가기로 한 상태에서 사법연수원 수료식 직전에 방위병 입대영장이 나왔고, 사단 훈련대에 입대하여 훈련을 마치고 사단 헌병대에 배치되었다.

그 당시 거주지였던 반포에서 태릉으로 매일 아침 출퇴근을 했다. 하지만 그렇게 헌병대 방위병으로 복무한 것이 계기가 되어 오랫동안 계속 ○○사단 헌병대 간부들과 인연을 유지해 왔고, 헌병의 날이 되면 그 분들로부터 어김없이 연락이 온다. 결국 부산지검장 시절에는 명예헌병으로 위촉되는 명예를 얻기도 했다.

태평양을 오간 수백 통의 편지

우리가 인생을 살면서 가장 중요하고 가치 있게 여기는 것은 인생의 동반자를 만나는 것이 아닐까. 1986년 6월 7일 방위병 신분으로, 미국 유학생활이 끝나지도 않은 아내와 결혼식을 올렸다.

내가 아내를 처음 만난 것은 대학 2학년 때였다. 아내는 나와 같은 동갑내기 79학번이었으며 서울 상명여고를 졸업했다. 당시 고등학교 3학년 때 치른 예비고사에서 전국 여자 수석을 차지하였고, 서울대 자연대에 입학 후 물리학과에 재학 중이었다. 이북에서 월남하신 장인, 장모님도 서울대 법대 출신으로 내게는 대학선배가 된다는 것을 한참 뒤에 알게 되었다.

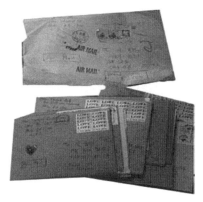

1983년부터 1988년까지 아내가 미국 유학 중일때 태평양 건너 주고 받았던 편지들

아내와는 학교 내 도서관에서 가끔 만나는 정도였기 때문에, 미국 유학을 떠날 때까지도 그렇게 결혼을 하리라고는 생각지도 못했다. 아내는 대학 재학 시절부터 졸업하는 대로 미국 유학을 갈 계획이었다. 하지만 나는 사법시험 준비로 유학을 갈 생각은 물론 형편상 그럴 처지가 아니었다. 예정대로 아내는 졸업하던 그 해(1983년) 여름에 펜실베니아 대학으로 유학을 떠났고, 나는 사법시험에 합격했다.

미국 유학 후, 처음으로 아내에게서 편지가 오기 시작했는데 나는 장차 물리학 교수가 될 친구를 둔다는 생각으로 답장을 했다. 그도 그럴 것이 처음에 아내와 주고 받은 편지는 연애편지라고 할 수 없는 그런 내용이었기 때문이다.

그렇게 유학 2년이 접어들면서 점차 주고 받는 편지 횟수가 많아졌다. 거의 매일 국제편지가 바다 건너 오가게 되었다.

당시에는 전화요금도 비싸서 전화는 더더구나 할 수 없었다. 그래서 편지가 마음을 주고받는 유일한 수단이었다. 하도 많이 주고받다 보니 나중에는 분실될지도 모른다는 생각에 편지 겉표지에 번호를 매기기도 했었다.

그렇게 교제해오다가 방위병 근무 중이던 그해에 아내가 유학 생활을 힘들어 하면서 유학을 중단하고 국내 대학의 박사과정으로

결혼식 날 예식장에서(1986. 6. 7)

되돌아 올 생각까지 하기에 부산에 계신 부모님께 허락을 구하고 1986년 여름방학이 시작된 직후인 6월 7일 서울의 새아씨 예식장에서 결혼식을 올렸다.

여름방학을 이용한 석 달간의 신혼생활 후, 아내는 다시 미국으로 돌아갔다가 1년 만에 박사학위를 받아 귀국했다.

방위병 근무 기간 중에 결혼식을 하다 보니 얼굴도 상당히 그을린 상태이고 그밖에도 여러 가지가 부족하고 아쉬웠다.

지금도 그때의 결혼식 사진을 들여다 볼 때면 아쉬운 점이 많고, 그 후 다른 사람들 결혼식 하객으로 갈때마다 언젠가 우리도 아주 멋있게 차려입고 결혼식을 다시 올리고 싶다는 생각을 자주했다.

2장

검사 시절 이야기

01 햇병아리 검사

고향 부산에서 시작한 검사생활

사법연수원 수료 후 1년간의 방위병 근무를 거쳐 1987년 3월 16일 한 기수 아래인 사법연수원 16기생 네 명과 함께 부산지검 검사로 첫 발령을 받았다. 당시 부산지검 청사는 현재의 연제구가 아닌 서구 부민동에 있었다. 옛 경남도청 건물을 중심으로 여러 개의 별관으로 이루어진 청사에서 2년 6개월을 근무하면서 1년 6개월은 형사부에서 마지막 1년은 특수부에서 일을 했다.

특수부 말석으로 있는 동안 5공비리 사건, 연합철강 사건, 동의대 사건 등 크고 중요한 사건이 많았다. 검사들이 적게는 4~5명, 많게는 10여 명이 투입된 합동수사팀이 꾸려질 때 말석으로 수사에 참여한 경험이 소중했다.

아내는 내가 부산지검에서 근무하던 첫 해 여름, 미국에서 이학박사학위를 받고 귀국하였고, 이듬해인 1988년 여름에 큰딸 혜선이가 태어났다.

부산지검 초임검사 시절(1987. 9.)

아내는 1988년 한 해 동안은 당시에 개교한지 얼마 되지 않았던 포항공대에 객원교수로 근무하면서 얼마동안은 나도 2, 3일에 한번 씩 포항공대 교수관사로 퇴근하고 다음 날 아침 부산지검까지 100킬로미터 정도 되는 거리를 승용차로 통근했는데, 지금 생각해 봐도 대단한 일이었다.

"오늘도 억울한 사람 보면 풀어주라"

부산지검에 근무하는 동안 동래구 쪽에 살고 계시던 부모님 댁에서 청사로 매일 출퇴근을 하였는데, 아침마다 잘 다녀오겠다고 출근 인사를 하면 어머님께서는 매일 어김없이 "오늘도 억울한 사람 보면 풀어주라"고 당부하셨다.

그 후로 20여 년 검사생활을 하면서 깨닫게 된 것은, 검사의 힘은 사람을 혼내고 구속할 수 있는데서 나오는 것이 아니라 혹여 억울한 부분은 없었는지 세심하게 살펴 보고 풀어 주는 것에서 나온다는 것이다.

검사시절 언젠가 무심코 어머니 듣는 자리에서 피의자를 구속하는 일을 이야기 하면서 "누구누구를 잡아 넣었다"고 표현한 적이 있었다. 그러자 어머님께서 화들짝 놀라시며 "어디 가서든지 그런 험한 말을 쓰지 마라. 사람이 무슨 짐승이냐. 잡아넣는다니 그게 할 말이냐"고 꾸짖으셨다.

검사들이 일상적으로 피의자를 구속하면서 그런 표현을 많이 쓰지만, 그 일이 있은 뒤로 나는 한번도 그런 표현을 입에 올리지 않았다.

잊을 수 없는 일들 ③
선친의 관을 운구한 피의자

부산지검에서 근무할 당시에 내 손에 구속되고도 그것이 인연이 되어 출소 이후에 서로 연락하고 지내다가 10여 년 후 부친이 작고했을 때, 사흘 내내 빈소를 지켜주었는가 하면 선친의 관까지 운구한 두 사람이 있었다.

그중 A씨는 환경관련 특수주간지 기자를 자칭하면서 중소기업을 상대로 환경훼손 혐의를 억지 구실로 만들어 광고비를 뜯어낸 일종의 사이비기자였고, 또 다른 사람 B씨는 주택가에서 무허가로 자동차 판금, 도색 등 자동차 정비를 한 일로 몇 차례 벌금을 물고도 계속 무허가 정비업을 계속하다가, 어느 날 일을 보조하던 직원을 폭행하여 이빨을 부러뜨린 혐의였다(그 시절은 상해 3~4주 만으로 구속되기도 하던 시절이었다).

두 사람 다 사회적으로나, 경제적으로나 어려움이 많은 계층이었다. 검사시절 내내 느낀 고민이었지만 꼭 심성이 나빠서가 아니라 경제적으로 어렵다 보니 본의 아니게 법도 어기게 되고, 타인과

시비를 할 일도 많이 생기게 된다.

A씨와의 인연은 내가 A씨를 구속하던 날, 그가 팔십 노모의 끼니를 걱정하기에 며칠 후, 그 걱정이 사실임을 확인하고 노모에게 쌀과 약간의 찬거리를 보내준 일이 계기였다. A씨는 출소 직후 찾아와서 그 일에 너무 감사해하면서 앞으로 공사판에 나가 노동을 하는 한이 있더라도 중소기업을 괴롭히는 사이비기자 노릇을 절대 않겠다고 다짐을 하였다.

허나 세상 일이 그리 쉬운가. 그 후 일이 뜻대로 안 되고 수입이 시원찮을 때면 심지어 내가 부산을 떠나 다른 지역에 근무하는 곳까지 찾아와서 믿지 않은 푸념을 늘어놓기 일쑤였고, 그때마다 내가 식사도 대접해 주고 가끔은 차비까지 손에 쥐어주었다.

그리고 B씨는 승용차의 판금과 도색을 기계가 아닌 자신의 손으로 다했다. 그만큼 기술이 좋은데다 비용이 싸다보니 손님이 많았다. 무허가 정비업으로 구속까지 되었지만, 정비업 허가를 받을 수가 없었다. 이유는 낫놓고 기역자도 모르는 문맹이었기 때문이다. 그래도 배운 기술은 오직 판금과 도색밖에 없었기에 살기 위해서는 아무리 벌금을 맞아도 그 길 밖에 없는 처지였다. 법을 집행하는 나로서는 모순된 행동일지라도 달리 그를 도울 방법이 없어 내차(당시 부친이 오랫동안 몰아 고물이 다 된 포니1이었다)의 수리는 물론이고, 당시 내 주변에 차량 판금이나 도색이 필요한 지인들에게 수시로 B씨의 가게로 가라고 소개해주기도 하였다.

그 후 내가 후배 검사들과 검사의 역할에 관해 대화하는 기회가 있을 때마다, 우리가 법에 정한 권한을 가지고 사람을 구속하게 되더라도 상대의 가슴에 필요 이상의 상처를 주는 말은 최대한 삼가야 한다는 것과 사건이든 나름대로 숨어 있는 사연을 조금만 더 살펴보면 때로는 내가 구속시킨 사람도 언제 어디서든 다시 만나는 인연이 될 수도 있다는 것을 설명하면서, 그 예로 위에서 언급한 두 사람과의 인연을 소개해 주기도 하였다.

원주지청에서 보낸 1년

돌이켜 보니 우연의 일치인지 몰라도 26년간의 검사생활의 거의 전부를 서울, 천안, 대전, 영동, 대구, 부산 등 경부선 기차가 다니는 지역에서 근무했다. 딱 한 곳 예외가 있는데 바로 강원도 원주이다. 나의 두 번째 근무지가 원주지청이었다.

원주는 군사령부가 위치한 군사도시의 분위기가 도시 전역에 배어 있었고, 한편 당시 김수한 추기경 이상으로 국민들에게 알려진 가톨릭 지학순 주교의 존재감이 상당한 지역이었다.

인사이동으로 1년 정도 밖에 근무하지 못하고 원주를 아쉽게 떠나야 했지만, 한 겨울에 1미터 이상의 폭설이 내려 사방천지가 눈 세계로 변하고 도로가 완전히 막혀 일시 고립상태에 빠진 것도 난생 처음 경험했던 곳이 바로 원주이다.

잊을 수 없는 일들 ④
신학생과 사창가의 여인

〈1989년 원주지청 검사로 근무하던 시절 경험한 이 사건은 소설 같은 실화다. 사건에 등장하는 신학생은 지금은 분명 훌륭한 목사님이 되어 있을 것으로 믿고 있다. 언젠가 한번쯤은 그 목사님을 꼭 만나 보고 싶다. 퇴직 전까지 어디선가 만나게 될 것으로 기대하였는데 그러지 못했다. 이제는 죽기 전까지 한번이라도 만났으면 하는 기대를 하고 있다.〉

어느 날, 상습절도 혐의로 구속되어 나에게 배당된 20대 초반의 젊은 여성을 담당하게 되었다. 횡성읍내 대중목욕탕에서 수십 차례에 걸쳐 목욕하러 온 손님들의 사물함을 뒤져 손지갑이나 반지 기타 소지품들을 훔친 혐의였다.

그녀의 첫 인상은 선량해 보였고 사글세 낼 돈은 고사하고 먹거리가 없어서 나쁜 줄 알면서도 그런 일을 저질렀다고 순순히 자백을 하는게 아닌가. 조사 첫 날 아랫배가 불러 있는 것을 보고 임신중임을 알았다.

인천에서 병든 부모님과 동생의 학비를 대느라 찌든 고생을 하다가 2년 전에 가출해서 주점 등을 거쳐 원주의 사창가까지 오게 되었는데, 포주의 성화에도 불구하고 일주일 이상 버티다가 처음 맞이한 손님이 모 신학생이었고, 그 신학생을 따라 사창가를 빠져나오게 되었다는 것.

1년 정도 지나 그 신학생이 횡성읍에 사글세 방을 얻어 주어 그 곳에서 기거하며 식당에서 허드렛 일을 하였는데, 신학생과의 사이에 그만 임신이 되었다는 것.

결국 식당 일도 못 하게 되어 입에 풀칠조차 어려웠으며, 몇 달째 만나지 못한 그 신학생은 자신의 임신 사실 조차 모른다는 것 등등 그간의 사정을 모두 듣게 되었다.

죄를 짓고도 형벌을 피하거나 줄이기 위해 온갖 거짓말을 식은 죽 먹듯 하는 사람들을 하도 많이 보아 왔기에, 처음에는 의심도 가졌으나 그녀의 말들이 진정성이 느껴져 사실이면 도와줄 심산으로 사실 확인을 해보기로 결심하였다.

번지도 통반도 모르는 상태에서 인천시 주안동에 있는 서너 곳의 파출소에 그녀의 가족들 소재수사를 의뢰한 후, 결과를 기다리는데, 며칠 뒤 내 집무실로 말쑥한 한 청년이 들어섰다. 바로 그 신학생이었다.

신학생은 그녀가 임신한 사실조차 알지 못하였다. "모태신앙인 자신이 목사가 되기를 밤낮으로 기도하는 홀어머니께 비록 결혼할 상대가 있다고는 하였지만, 가출하여 가족과도 연락이 끊긴 여성

177

을 며느리로 맞아달라고 할 자신이 없었다"고 고백했다. 그러다가 신학교 졸업시험을 모두 마치고, 오랜만에 원주로 와서 그녀의 자취방에 들리니 집주인이 청천벽력과도 같은 그녀의 소식을 알려주었고, 결국 원주교도소에 수감 중인 그녀를 면회하고 검사실까지 오게 되었다는 것이다. 신학생은 "모든 것이 그녀를 돌보지 못한 자신의 탓"이라며 몹시 괴로워하였다.

나는 신학생에게 "저 여성이 이미 임신 8~9개월은 족히 된듯한데 어떻게 할 거냐"고 물었다. 신학생은 "자신만 믿고 살아가는 홀어머니께 어떻게 하든지 승낙을 받겠고, 그녀를 그냥 내버려둘 수는 없지 않겠느냐"고 대답했다.

그 무렵 인천에서도 그녀의 가족을 찾았다는 연락이 왔다. 근근이 살아가고 있던 그녀의 아버지를 원주지청으로 오게 하였더니, 다음날 남루한 차림으로 내 방에 나타났다. 나는 그녀의 아버지에게 "딸이 만삭의 몸이며 아기의 아빠는 신학교를 곧 졸업하는 사람"이라는 것도 알려주었다.

그녀의 아버지는 "청년이 너무 고마운 존재이므로 둘이 원한다면 결혼을 반대할 이유도, 자격도 없다"면서 그저 눈물만 흘렸다.

그날 오후 그녀를 교도소에서 소환하고, 신학생도 검사실로 오게 하여 그녀 아버지와 대면을 시켰다. 일부러 연출하기도 힘든, 너무 감격스럽고 눈물겨운 장면에 코끝이 찡해졌다.

한편 지청장께는 그동안의 조사결과와 사정을 설명하고 선처를 건의하였고, 지청장께서도 흔쾌히 동의하여 주셔서 그녀를 파격적인 석방을 해주었다. 그 다음 석방 당일 원주기독병원의 협조를 받아 심한 영양실조 상태였던 그녀를 곧바로 병원에 입원시켜 며칠간 요양한 후 인천 집으로 가도록 주선해 주었다.

　석방 후 며칠 뒤, 그녀에게서 집에 잘 도착했다는 편지를 받은 것이 기억난다. 하지만 아직까지 그 두 사람이 나를 찾아 온 적은 없다. 그 신학생은 분명 목사안수를 받았을 것이다. 나는 그 신학생이 자신의 아내와 함께, 혹은 혼자서라도 언젠가 나를 찾아올 것으로 믿고 또한 그렇게 믿고 싶다. 앞으로 얼마나 더 기다려야 될지 모르겠지만, 그래도 나는 그 날을 기다리고 싶다.

서울지검 남부지청으로 부임

1990년 8월, 원주지청을 떠나 서울지검 남부지청으로 부임하게 되었다. 남부지청은 영등포 등 서울 강서지역 일대를 관할하는 청으로, 지금은 본청으로 승격하여 남부지방검찰청이 되었지만, 그때는 서울지검 산하의 지청으로 운영되던 시절이었다.

春川地方檢察廳原州支廳 石東炫 檢事 送別紀念
1990. 8. 31

남부지청 발령을 받고 원주지청을 떠나던 날 직원들과 함께(1990. 8.)

남부지청의 청사는 현재의 남부지방검찰청 청사가 아니고 영등포구 문래동에 있던 낡은 건물이었는데, 비좁고 낡은 청사에서 3백여 명의 직원이 근무하며 '남부군'이라는 명칭을 공유하면서 서로 동병상련에다 가족 같은 분위기로 지냈던 기억이 난다.

가끔 서초동에 있는 서울지검 본청에 회의를 하러 가거나 신고를 하러갈 때마다, 본청과 지청 간에 청사 여건의 차이가 현저하여 불만스러웠던 데다가 수사를 할 때 외부기관에 자료요청을 하면 지청은 서울지검 본청에 비해 차등 대우를 받는 것 같아 속병을 앓을 때가 한두 번이 아니었다.

이제는 추억으로 남아 있지만, 당시에는 서울시내 지청 중 남부지청과 동부지청, 북부지청 간에는 사건 실적이나 제도개선 실적 등 모든 분야에서 성과에 따라 각 지청장들의 검사장 승진 여부, 검사정원 조정 등 청의 서열이 달려 있어서 경쟁이 꽤 치열했다.

잊을 수 없는 일들 ⑤
소 뒷다리를 사서 해부하다

남부지청에 재직하면서 처리했던 사건 중 특히 기억나는 사건은 서울 남부경찰서가 부산시의 어느 개인 정형외과 병원에서 무릎연골을 수술 받은 뒤 제2국민역으로 병역면제를 받은 80여 명과 그 병원의사를 병역법위반으로 구속 송치한 사건이다.

80여 명을 한 검사실에서 도저히 처리할 수가 없어 형사부 전 검사들이 서너 명씩을 배당받고 의사에 대한 수사 및 전체 수사의 진행상황 조율은 내가 맡았는데, 그 이유는 경찰이 신청한 그 80여 명의 구속영장 서명을 모두 내가 했기 때문이다.

문제는 경찰에서 송치한 내용은 피의자들이 단순히 병역을 기피할 목적으로 정상적인 무릎을 고의로 수술한 것 같이 되어 있었던 반면, 막상 송치된 피의자들을 조사해 보니 이들은 모두 실제로 무릎연골을 다칠 개연성이 많은 축구선수 출신들이었다.

이들은 모두 한결같이 축구시합 중 무릎을 다쳐 수술을 받은 것이지 단순히 군대를 피하기 위해 의도적으로 생무릎에 칼을 대서 수술한 것이 아니라는 취지로 극구 변명하고 있었다.

그래서 그들의 주장대로 과연 수술 전 상태가 멀쩡한 상태였는지 실제로 다친 상태였는지를 밝혀내는 것이 관건이었는데, 수술 전 무릎 상태를 알 수 있게 해주는 엑스레이 등의 판별할 만한 자료가 확보되지 않은 상태에서 그들이 정상적인 무릎을 수술하였는지, 다친 무릎을 수술하였는지를 단정할 방법이 없어 결국 그들 대부분을 석방하고 말았다.

당시에 이들의 주장을 증명하기 위해 독산동 우시장에서 사람의 다리와 비슷한 소다리 한 짝을 통째로 사서 대퇴부와 하퇴부, 그 사이의 연골 부위를 해부하여 무릎의 위쪽 대퇴부와 아래쪽 하퇴부 사이에 있던 반월상 연골판의 모양과 구조 등을 비교해 보기도 하였는데, 식당에서 먹던 도가니탕의 도가니가 바로 소의 무릎연골이라는 것도 그때 알았다.

02 열정이 넘치던 그때

일본 유엔범죄방지연수소 연수

1993년 봄, 인사에서 대구지검으로 자리를 옮긴 뒤 이듬해인 1994년 9월부터 3개월간의 일정으로 일본 후쭈(甲府)시의 유엔범죄 방지연수소(아지껜, UNAFEI)의 국제훈련에 참가하게 되었다.

이 프로그램은 일본 법무성이 아시아 태평양 지역 저개발국 또는 개발도상국의 법집행관들을 초청하여 일본의 관리들과 함께 교육을 시키는 프로그램으로 일본의 사법행정 시스템을 홍보, 전파하는 성격이 강했다. 내가 참가하던 무렵 한국은 개발도상국의 단계를 벗어난 상태였지만 오랜 친선 관계 때문에 한국도 대표를 보내고 있었다.

내가 갔을 때에도 약 20개국에서 나라마다 판사와 검사, 고위경찰, 교도관, 보호관찰관 등이 와서, 일본의 판사와 검사 등 십여 명이 참석한 가운데 경제범죄에 대한 대책을 주제로 연수를 하였고 내가 외국 참가자들의 대표를 맡았다. 연수기간동안 일본의 10여

개 도시를 방문하기도 했다.

일본에 대한 솔직한 소감은 일본인들이 속은 어떻든지 간에 대체로 친절하고 정직하며 타인을 참 배려한다는 느낌을 받았다.

길을 가다가 방향이나 행선지 건물의 위치를 잘 몰라서 행인들이나 길가에 있는 점포에 들어가서 물으면 대개는 하던 일을 멈추고 나를 그 행선지가 눈에 보이는 곳까지 데려다 주는 것이다. 그리고 내가 길을 물었는데 상대방이 그 곳을 모르는 경우에는 얼마나 미안해하든지 오히려 묻는 내가 민망할 정도였다.

일본 유엔범죄방지연수소 연수 참가자들과 함께
(1994. 11.)

배려한다는 것은, 우선 많은 사람들이 모여 있는 장소에서는 특별한 경우가 아닌한 절대 큰소리를 내지 않는다. 심지어 불의의 사고 또는 지진 등 천재지변으로 사랑하는 가족을 떠나보내도 조용히 소리없이 흐느낄 뿐이다. 길에서 차량 내에서 몸이 닿기라도 하면 서로에게 "스미마센(죄송하다)"이라고 말한다.

일본 연수 기간 중에 아내와 아이들이 두 차례 일본을 다녀갔고, 낫꼬와 하꼬네 지역을 함께 관광하기도 했다. 늘 바쁜 생활 속에서 제대로 아내와 아이들에게 함께 할 기회가 없었는데, 이 기회에 우리 가족은 좋은 추억을 갖게 되었다.

국적및 출입국 관리분야 전문가가 된 계기

이듬해 1995년 9월, 대구지검을 떠나 법무부 법무과 검사로 부임하게 되었다. 담당 업무는 국적법의 정비, 국적업무 수행, 동포업무 관련 제도 마련 등이었다.

국적법 정비 문제는, 종전의 부계혈통주의 원칙을 부모양계혈통주의로 바꾸는 일과 국적선택제도의 도입 등 전면 개정 문제로 오랫동안 답보를 면치 못하고 있었다. 나로서는 당초 법무부가 설정한 개정방향이 합리적일뿐 아니라 정부가 유엔의 각종 협약에 가입하면서 유보한 남녀 차별적 법조항 문제를 해결하기 위해서도 국적법 전면개정은 불가피하다는 판단 하에 그 결실을 맺고자 밤

국제법 개정 입법예고 기사(1997. 9.)

낮으로 열심히 노력했다.

하지만 간부들이 수시로 바뀌면서 그 개정작업이 답보상태를 면치 못하고 급기야는 나도 포기상태까지 갔다가, 법무부 근무 임기 마지막 6개월을 앞둔 시점(김영삼 대통령 정부 임기의 마지막 6개월과 일치)에 동 법안의 취지에 동감하셨던 김종구 서울고검장이 법무부장관으로 취임하면서 적극 추진을 지시함에 따라 급물살을 타게 되어, 그해 연말인 1997년 12월 17일 이례적인 속도로 국회 통과까지 마무리하게 되었다.

다시 맛보기 힘든 보람이고 잊을 수 없는 추억으로 남아 있다. 국적법 개정작업을 하는 과정에서 생소한 국적법, 국적제도에 관한 공부도 많이 하였고, 국적과 관련된 인접 분야인 동포문제, 출입국관리문제, 가사재판 등도 많이 공부하게 되었다.

일본에서 펴낸 내생애 최초의 저서
『대한민국 신국적법 해설』(1999.)

그 공부성과를 여기저기 기고하다 보니 어느새 우리나라에서 이민법과 국적법 전문가로 지칭되는 영예를 안게 되었고, 2000년도에는 대통령 표창까지 받았다.

특기할 사항은 일본 가제(加除)출판사의 권유로 내가

법개정 실무작업을 전담했던 1997년 개정 국적법에 관하여 그 내용을 해설한 책자를 그 출판사에서 일본어판으로 출간했던 일이다. 내 생애 최초의 저서가 일본의 출판사에서 나온 셈이다.

일본에서 대한민국 국적법에 관심을 가진 이유는 국적법 개정내용이 재일교포들의 국적이나 한국 내 호적정리 문제와 관련이 있기 때문이다. 어쨌거나 국내 출판사는 수지문제로 출간 엄두도 못 내는 반면, 일본 출판사에서 적극적으로 『대한민국 국적법 해설서』 출간을 제안하여 결국 책으로 만들게 된 점은 약간 씁쓸하였다.

당시 내가 담당했던 국적업무는 법무실 법무과 소관사항이고, 출입국관리문제는 법무부 출입국관리국 소관사항이었는데, 국적업무를 처리하다 보면 출입국관리업무에 관해서도 알아야 할 경우가 많았다. 그래서 출입국관리국 각 과의 사무실을 자주 찾아가 궁금한 사항을 묻기도 하고 출입국 직원들과의 교류도 늘려갔다.
그러면서 국적과 출입국관리 업무에 대한 지식을 두루 습득하게 되고, 그것이 계기가 되어 나중에 출입국 본부장으로 부임하게 된 것이다.

법무과 근무 막바지 무렵인 1997년 11월에 온 나라를 뒤흔든 IMF 사태가 왔고, 다음 해인 1998년 3월에 법무부 인사명령에 따라 서울지검 검사로 부임하였다.

미 조지타운 대 법과대학원 연수

서울지검 검사로 부임한지 6개월만인 1998년 9월초, 약 4개월 예정으로 미국 위싱턴 DC의 조지타운 대학교로 단기 국외연수를 가게 되었다.

단기연수기간은 원래는 6개월이었으나 그 전해 가을 IMF 사태가 일어나면서 국고 절약차원에서 연수기간이 일부 단축된 것이다. 한편, 같은 시기에 아내는 위싱턴 소재 메릴랜드대학교에서 1년 정도 교환교수로 가게 되었다.

미국 워싱턴에서 아내 박영아, 큰딸 혜선, 작은딸 혜원과 함께(1999. 5.)

그래서 두 딸과 같이 네 식구 모두가 미국으로 가게 되었다. 워싱턴 DC는 말 그대로 세계의 수도였다. TV에서 보던 백악관이나 미국 국회의사당을 실제로 가서 보니 매우 인상적이었다. 또한 스미소니언 재단의 후원으로 워싱턴 DC에 있는 많은 박물관 전시관이 다 무료여서 귀한 전시들을 구경할 수가 있었다.

나는 4개월간의 연수를 마쳐 1999년 1월 초에 귀국하고, 아내와 아이들은 그 해 8월까지 1년을 채우고 귀국하였다. 아이들은 다행히 그곳 초등학교 생활에 잘 적응해 주었다. 그것을 계기로 큰딸은 미국의 고등학교로 조기 유학하여 조지타운대학교를 최우등생으로 졸업하고, 현재 샌프란시스코에서 직장생활을 하고 있다.

부친에게 갑자기 찾아온 병마

미국 워싱턴에서의 연수 기간 중 가슴이 아팠던 일은, 미국 연수를 떠나기 며칠 전에 부친이 담도암 진단을 받으신 일이다. 대학병원에서 수술하기에는 너무 늦은 상태라고 하였으나, 부모님은 미국 연수 출발을 목전에 둔 내가 그 소식을 들으면 미국 연수를 포기할까봐 아무 말씀도 안하셨다. 그러니 나는 그런 사정을 전혀 모른채 미국으로 떠났고, 김포공항까지 배웅을 나온 어머니는 가슴 미어지는 비밀을 안고 모진 눈물을 삼키셨다.

부모님은 내가 4개월 후 돌아올 때까지 어떻게든 항암치료를 하면서 나에게는 투병사실을 숨기고 버틸 생각을 하셨던 것 같다. 그런데 내가 미국으로 떠난지 약 보름정도 후, 첫 번째 항암주사를 맞으면서 쇼크가 와 일시적으로 혼수상태에 빠지게 되자 어머님은 어쩔 수 없이 미국에 있는 나에게 그 사실을 알려왔다. 나로서는 날벼락 같은 청천벽력이었다. 며칠 전 미국 다녀오겠다고 인사드린 아버님이 갑자기 항암주사를 맞고 혼수상태라니 믿어지겠는가.

하지만 그것은 현실이었고 나로서는 부랴부랴 한국으로 혼자 일시 귀국할 수밖에 없었다. 전화 연락을 받고 이틀 만에 귀국하니 아버님은 혼수상태에서 막 깨어난 상태였다. 서로 얼굴을 대면하는 순간 부자지간에 통곡을 했다.

남은 연수기간을 마치기 위해 미국으로 일단 다시 갔지만, 언제 어떤 상황이 될지 몰라 하루하루가 늘 긴장상태였다. 다행히 연수를 마칠 때까지 아버님은 병마를 견디셨고, 1999년 1월초, 내가 귀국 하자 그 직후부터 곡기를 스스로 끊으시더니 약 보름 만에 별세하셨다. 돌아가시기 전에 의미없는 연명은 싫다며 한사코 병원 가시기를 거부하셨고 장례도 유언에 따라 집에서 치르고, 아버지 고향인 경북 성주군 선산 양지 바른 곳에 모셨다.

선친을 생각하면 마지막을 좀 더 함께 하지 못한 것이 항상 마음을 무겁게 하고 특히 별세하신 그해 여름에 충북 영동의 지청장으로 부임하게 되면서 아쉬움은 더했다.
만약 내가 그때 미국 연수를 가지 않고 한국에 계속 있었더라면,

종합병원 의사에게 간청을 했을 것이고, 그랬더라면 선친이 병을 알게 되신후 그토록 희망했던 수술이라도 한번 받아 볼 수 있지 않았을까 하는 아쉬움이 아직도 내 가슴에 진하게 남아 있다.

대전 법조비리 직후 전국평검사회의 주도

1998년 가을부터 시작된 대전 법조비리사건의 여파로 이듬해인 1999년 1월부터는 전국 각 청에서 당시 김태정 검찰총장에게 사태의 책임을 지고 퇴진할 것을 요구하는 내용의 연판장이 도는가 하면 그 문제를 논의하기 위한 평검사회의가 열리는 등 매우 어수선한 사태가 확산 일로에 있었다.

그런 사태를 우려한 대검에서는 전국 각 청에서 산발적으로 평검사회의가 열리는 것보다 차라리 각 청의 평검사 대표들이 대검 회의실에 모여서 회의를 하는 방안을 강구하여 결국 1월 하순 어느 날 저녁, 대검 15층 회의실에서 처음으로 전국평검사회의가 열리게 되었고, 그 회의에서 당시 서울지검 평검사 중 검사석순이 가장 앞선 내가 사회겸 회의를 주재하게 되었다.

당시 대검의 분위기는 김태정 총장의 중도 퇴진은 어떻게든 피하려는 기류가 강했던 것으로 기억된다. 하지만 회의에서는 김 총장의 퇴진요구론과 신중론이 팽팽하게 맞서면서 자정이 넘도록 회의가 계속 되었다.

결국 내가 회의 주재자로서 현재의 검찰위기를 극복할 수 있도

평검사회의가 열린 당시 동아일보 기사(1999. 2.)

록 각자 자성하고 검찰총장을 정점으로 일치단결하는 내용의 성명서를 발표하는 것으로 마무리를 지었다. 그런데 지금에 와서 밝히는 비사이지만, 성명서 내용에 검찰총장의 이름을 적지 않았다. 이유는 당시의 김태정 총장이 계속 자리를 지켜야 한다는 것이 아니라, 다른 사람이 총장으로 와도 된다는 의미가 들어 있었다.

그럼에도 김태정 총장은 평검사들이 심야까지 격론 끝에 결국 자신을 계속 신임한다는 의미로 해석하고 다음날 전국 각 청에 심

기일전하자는 지시를 내리는 등 당시 평검사들의 생각과는 크게 상반되는 행태를 보이기도 하였다.

돌이켜 보면 그때 책임지는 자세로 물러났으면 좋았을 것이다. 그럼에도 총장 임기제가 훼손되지 않도록 임기를 채워야 한다고 버티더니 몇 달 후 대통령이 법무부장관으로 지명하자 총장 임기가 두 달 남았음에도 주저없이 장관으로 자리를 옮겼다. 연초의 대전법조비리 사태 당시 총장 임기제를 이유로 사퇴를 거부했던 것과는 정면으로 반하는 행동이 아닐 수 없었다.

그렇게 법무부장관으로 부임한지 20여 일만에 '옷로비'사건이 불거지면서 자리에서 물러나게 된 것은 물론, 구속까지 되었다.

영동지청장 부임, 첫 기관장의 경험

1999년 봄, 잠시 서울고검에 발령받았다가 6월 청주지검 영동지청장으로 부임하게 되었다. 첫 기관장 생활이었다. 영동지청은 지청장과 검사 1명이 일하면서 충북 영동군과 옥천군 등 2개 군을 관할하는 소규모 지청이었다. 청사도 매우 오래된 데다 소박하였다.

평소 지론대로 지청장인 나를 최대한 낮추는 한편, 군수들과 경찰서장을 높여주고 존중해 가면서 지역 인사들, 지역 주민과 두루 잘 지내려고 노력했다. 영동군과 옥천군에는 각각 2개씩 모두 4개의 향교가 있었는데, 향교의 책임자인 전교(典校)님들을 읍내로 오

제40대 석동현 지청장 이임기념 2000. 7. 25

영동지청을 떠나던 날 직원들과 함께(2000. 7)

시게 하여 가끔씩 식사를 대접한 것도 소중한 추억으로 남아 있다.

영동지청장 재직시 읍내 작은 내과에서 생애 처음으로 심전도 검사를 받은 적이 있었다. 그 때 내 심장에 선천적으로 심장근육이 약간 두꺼워 박동이 약간 불규칙하게 나타나는 심근증이 있다는 사실을 처음으로 알게 되었다.

의사의 권유에 따라 그때부터 매년 심장검사를 포함해 건강진단 받게 되었고, 2002년 검사에서 대장내시경 검사까지 해보았다가 대장암을 발견하게 되었다. 내가 대장암을 발견하게 된 계기는 결국 영동지청 재직시 심전도 검사를 한 것에서 비롯된 셈이다.

03 암을 만나고 이겨내다

대검찰청 연구관과 공보담당관을 차례로 맡다

영동지청장 임기를 마친 후 2000년 7월, 대검 검찰연구관으로 전보되었다. 검찰연구관 중 감찰담당으로서 약 1년 6개월간 전국 본청과 대규모 지청을 순회하며 사무 감사를 전담하였다.

사무 감사는 그 청에서 검사들이 전년도 한 해 동안 처리한 사건 중에서 불기소한 사건을 위주로 적정여부를 살펴 처리가 부적정하거나 위법한 사례를 찾아내어 담당 검사를 지도하고 평정하는 그리고 재수사나 공소제기가 필요한 사건은 재수사 또는 공소제기를 명하는 사후감독절차다.

그리고 1년 반이 지나 2002년 2월 신승남 검찰총장의 중도퇴진에 이어 이명재 검찰총장이 취임한 직후에 단행된 인사에서 대검찰청 공보관으로 자리를 옮기게 되었다. 사실 공보관이라는 자리에 내가 갈 줄은 꿈에도 생각지 못했다. 왜냐하면 그 자리는 워낙 기자들과의 술자리가 많은 터라, 술이 센 검사가 가는 자리라는 인식이 있었기 때문이다.

내가 당시 인사에서 강력하게 희망한 임지는 고향인 부산지검의

197

부장검사였다. 그럼에도 인사권자가 나를 부산으로 보내지 않고 대검 공보관으로 발령을 낸 것인데, 그 바람에 그 해 5월 병원에서 종합검사도 받을 수 있었으니 결국 이는 내 생명을 건지게 되는 계기가 된 셈이다.

공보관의 역할은 대변인으로서 검찰출입기자들을 상대하고, 검찰관련 언론보도를 파악하며, 검찰총장의 대·외부기관, 대 산하기관 메신저 역할을 하는 것이다. 그리고 검찰총장실에 하루에도 몇 번씩 드나들면서 총장의 지시내용이나 관심사항을 일선 청에 전달하기도 한다. 매일 기자들과의 술자리가 많을 수밖에 없고, 밤낮으로 전화에 시달리는 자리이기도 하다.

대장암 판정을 받다

2002년 5월 23일 당시 대검찰청 공보관으로 근무하고 있으면서 대학병원에 종합검사를 받으러 갔다가, 느닷없이 대장암이라는 진단을 받았다. 초기도 아니고 2기 정도 된다고 하였다. 그 사실을 알았을 때 충격을 어떻게 표현할 수 있을까.

우여곡절 끝에 약 20일 후인 6월 12일, 한일 월드컵 대회가 진행 중이던 때에 대장(大腸) 전부를 들어내는 수술을 받았고, 그 후 6개월 동안 항암치료도 별 탈 없이 잘 마쳤다.

먼저 나에게 위험한 단계 직전에 병을 발견하게 하여 주시고, 그

후의 수술 및 치료과정을 이겨내고, 가정과 직장, 사회생활에서 문제없이 지낼 수 있게 해 주신 하나님께 맨 먼저 감사를 드린다. 그리고 병을 발견할 계기를 만들어준 형님, 밤낮으로 기도해준 어머님과 아내, 아이들에 대한 고마움도 이루 말할 수 없다. 그것을 어찌 글로 다 적겠는가.

몸에 암이 자란다는 사실을 알게 된 계기는 특별히 어떤 불편이나 증상 때문이 아니고 종합검사 과정에서 찾게 된 것이다.

1999년 영동지청장 재직 당시 심전도 검사를 했다가, 심장근육에 약간의 선천적 이상이 있음을 알게 된 후, 의사의 권유로 매년 정기적으로 심장 체크를 포함한 종합검사를 해 오던 중에 2002년 봄에는 생전 처음으로 대장내시경까지 한번 해보자 했다가 대장암을 발견하게 된 것이다.

암 선고로 인한 초기의 혼란은 말할 수가 없었으나 일주일 정도가 지나면서 마음을 조금은 진정시킬 수가 있었다. 대장암은 대장 일부만 절제하면 생존율도 높고 예후도 가장 좋다 하니 너무 걱정 말자. 검사가 된 이후 여태 앞만 쳐다보며 생활해 온 것을 되돌아보고 겸손한 자세를 가지라는 계시가 아니겠느냐. 느슨하고 자기 성찰에 게을렀던 점에 대한 채찍일 수 있다. 이런 등등을 생각하면서 모든 일을 긍정적이고 감사하게 생각하기로 마음먹었다.

한마디로 당시 직접 암투병을 하고 계신 서울대 병원장님의 책 제목과 같이 암을 '나에게 찾아온 친구'로 생각하고 잘 타일러서 돌려보내리라 마음먹었다.

그렇지만 며칠 뒤 의사를 만났을 때 가족력 때문에 재발 가능성이 높아 대장 전부를 들어내야 한다는 말에 다시 충격을 받았지만, 달리 어쩔 도리도 없었다. 결국 의사의 판단에 따르기로 하고 대장 전부와 심지어 그 밑의 직장(直腸)까지도 일부 절제하게 되었다.

어려운 결정이었으나 지나고 보니 얼마나 다행인지 모른다. 대장 일부를 남겨두었더라면 재발 위험에 대한 스트레스는 말도 못했을 것이다.

나는 사람 몸에 오장육부(五臟六腑)가 있다고 하면 대장(大腸)은 그 중 오장의 하나인 줄 알았다. 그랬는데 수술을 받으면서 알고 보니 대장은 육부에 속하는 장기라고 한다. 생각지도 못한 병으로 대장을 모두 잘라내게 되었으니 따지고 보면 나는 보통사람처럼 오장육부가 아니라 오장오부(五臟五腑)를 가진 사람이다.

힘들었던 항암치료

수술이 끝난 후 2개월 정도 몸을 추스른 뒤에는 그렇게 힘들다는 항암치료가 기다리고 있었다. 2개월간의 병가기간이 끝난 시점이라 사무실에 출근하면서 정기적으로 항암주사를 맞았다.

항암주사를 세 번째 맞던 어느 날, 너무 손등에 주사를 많이 맞은 탓인지 약해진 손등의 혈관이 터지면서 항암주사액이 피하로 스며드는 사고가 생겼다.

피부가 화상을 입는 것 같았다. 간호사들이 의료사고라 생각했는지 얼굴이 파래지면서 기절초풍을 했지만, 나는 내 탓일 수도 있으니 걱정 말라고 그들을 안심시켜 주었다.

오른 손등의 화상자국은 흉터로 남았고 그 흉터는 계속 줄어들어 지금은 지름 1센티 정도가 되었는데 나는 그 흉터를 볼 때마다 2002년 암진단을 받고 수술을 받던 그 시절의 암담했던 느낌을 떠올린다. 그러면서 이만큼이라도 보너스 여생이 주어진 것에 감사하자. 고맙게 생각하자고 자신을 다독거린다.

건강을 상하게 된 일로 좌절감도 적지 않았지만, 한편 그것을 넘어서 감사한 마음을 가지게 되자 모든 것이 새로워졌다. 모든 일에 감사하는 마음, 긍정적인 마음으로 대하자. 열심히 일하는 것으로 만족하자. 벼슬을 탐하지 말자고 생각을 바꾸었다.

그 결과 암이라는 큰 병을 겪고서도 과분하게 2008년 3월에는 검사의 꽃이라는 검사장의 반열에 오르는 영광까지 안게 되었다. 욕심을 버리고 내 것을 내려놓음으로써 더 나은 것을 얻는 진리를 경험하였다고 한다면 과장된 표현일까.

법무부 법무과장으로

2003년 3월로 들어서면서 노무현 대통령의 참여정부가 시작되었고 강금실 변호사가 이례적으로 법무부장관으로 기용된 그때, 나는 법무부 법무과장으로 부임하게 되었다.

법무과는 몇 년 전 내가 검사로 근무했던 부서로 우리나라의 변호사 관리 감독과 국적업무를 관장하는 곳이었다.

한중 수교후 급격히 늘어난 국적, 중국동포 관련 업무를 전향적으로 처리하는 한편, 틈틈이 작업을 하여 내가 그때까지 발표했던 국적관련 논문이나 기고문 등을 모아『국적법 연구』라는 제목으로 내 생애 최초의 저서를 펴내기도 했다.

그리고 법무과장 재직시절부터 나는 국적업무를 법무부 출입국관리국에서 관장해야 한다는 평소의 지론을 주장하기 시작하였다. 국적관련 민원인이 점점 늘어나는 현실에서 전국의 민원인들을 과천에 있는 법무부 청사 내 법무과 한군데로만 오게 하기보다는 전국적 조직을 갖춘 출입국관리국을 통해서 국적민원의 접수를 하는 것이 타당하다고 주장했다.

국적법 연구(2004. 3.)

이에 대해 반대론자들은 국적민원은 법률해석 및 적용의 문제로서 출입국관리국에는 검사가 없기 때문에 부적절하다는 것을 주된 이유로 들었다. 그런 반대론에 대해 나는 그 문제는 일본 법무성처럼 우리나라도 출입국관리국에 검사를 배치하면 될 것이라고 하였다.

출입국관리국에서도 직제와 인원이 늘면 받을만하다는 입장을 취함에 따라 결국 2006년 무렵 국적업무가 마침내 출입국관리국으로 이관되어 현재에 이르고 있다. 다만 아직도 출입국본부 국적과에 검사 직제가 생기지 않은 것은 과제로 되어 있다.

서울중앙지검 형사1부장 시절

서울고검에 재직 중이던 2005년 1월, 이동호 서울중앙지검 형사 3부장이 새로 신설된 법무부 감찰담당관으로 자리를 옮기게 되면서 형사3부장 직무대리 명령을 받고, 두 달 정도 일하다가 같은 해 3월 정기인사에서 서울중앙지검 형사1부장으로 정식 발령을 받게 되었다.

형사3부장으로 2개월 정도 근무할 당시, 박민식 선 국회의원도 일시적으로 형사3부에 편성되어 있었다. 박 의원은 얼마 후 사직을 하고 2008년 봄 제18대 총선에서 부산 북구 지역구로 당선되어 국회의원이 되었는데 형사3부에서의 인연으로 지금까지도 나를 부장님으로 부른다.

형사1부에서는 우수하고 열정을 가진 검사들을 많이 만났다. 그중에서도 부수석이었던 김현채 검사는 신앙이 독실할 뿐 아니라 매사에 진중하여 빈틈이 없고 부 후배검사들을 화목하게 잘 이끌어 주었는데 얼마 전에 쓰러져 투병 중에 있는 것이 너무나 안타깝다. 빨리 회복하여 옛날의 총기 있는 모습으로 하루 빨리 돌아오기를 기원한다.

서울지검 형사 1부 검사들과(2005. 11.)

　형사1부에 있는 동안 취급한 사건으로 기억에 남는 것은, 무슨 크고 거창한 사건이 아니라 전국의 비디오테이프 대여점들이 자기네들 점포에서 비디오테이프 또는 CD를 1개 또는 2개 빌려가고도 반환하지 않은 고객들을 상대로 횡령죄로 고소한 사안들을 고심 끝에 모두 각하처분하였다가 곤욕을 치른 일이다. 각하처분은 조사자체를 하지 않고 사건을 불기소 종결하겠다는 의미이다.

　그 처분이 옳았는지는 지금도 의문일 수도 있지만, 당시 내가 부원들에게 그 고소사건들을 각하 처분하도록 한 이유는 비디오테이프의 경우 당시 기록상 개당 구입가격이 평균 15,000원 정도여서 대여점들이 고소한 사건의 피해 금액이 결국 15,000원내지 30,000원 정도인데 그 정도 금액의 고소사건을 처리하기 위해 경찰과 검찰 직원들이 비디오테이프 1개나 2개를 제때 반납하지 않은 고객을 소환 조사하고, 재판에 회부하거나 소재불명이면 기소중지를 하고 지명통보까지 하는 것은 국민세금이 걸린 수사력의 과용 내지 낭비라고 보았고 지금도 같은 생각이다.

수사력을 낭비한다는 표현의 의미는 결코 비디오테이프 대여점 업주들의 입장이나 그 분들의 피해를 무시하려는 것이 아니라 한정된 수사력을 더 중한 범죄 수사에 투입하는 것이 맞지 않나 하는 뜻이다.

법이론적으로는 고객들이 대여점 소유의 비디오테이프를 빌려가서 보관하다가 분실, 훼손, 장기 미반납 등으로 대여점에 피해를 끼친 이상 횡령죄가 성립할 여지가 다분히 있는 것은 맞다.

하지만 국가세금으로 운영되는 수사력의 적절한 운용을 위해 일정금액 이하의 소액분쟁은 수사 대상에서 제외시킬 필요가 있다는 것이 내 지론이다.

당시 나의 그러한 소신으로 각하처분을 하자 서울 시내 비디오테이프 대여점에서 내 이름을 표시하여 그 결정을 비난하는 항의문이 부착되기도 했지만, 그 처분을 계기로 그런 내용의 고소들은 더 이상 제기되지 않았던 것으로 기억한다.

검찰청 역사관을 만들다

서울 형사1부장을 마치고 2006년 3월 정기인사에서 천안지청장으로 전보되어 천안에서 1년간 지냈다. 천안에서 한일 중 가장 기억에 남는 것은 천안지청의 역사를 정리, 청내에 전시한 일이다.

천안은 2006년 당시도 그렇고, 10년이 지난 지금도, 1970년 초반에 건축된 낡은 청사를 사용하고 있는데 청사 2층 복도 벽면에다 천안지청의 연혁, 청사의 변천 등을 정리하고 여기저기에서 구한 귀한 사진들을 전시해 두었다.

청의 역사를 정리해 보기로 마음먹게 된 동기는 우연히 천안지청이 원래는 1905년도에 개청하였다가 일제시대에 폐청이 되고(논산이나 홍성 같은 다른 지청은 폐청된 흔적이 없는데도) 광복이후인 1946년에 다시 개청이 됨으로써 내가 지청장으로 근무한 해가 개청 60주년이 된 사실을 알게 되었기 때문이다.

역사를 정리하는 과정에서 에피소드 한 가지를 소개하면, 몇 년 전 대전지검에서 펴낸 『대전지검 검찰사』라는 책에서 천안지청의 구 청사를 소개한 사진이 나와 있어서 그 청사가 어딘가를 추적해 보았더니 천안지청이 현재 위치로 옮겨오기 전에 사용하던 청사로 사진상의 구 청사가 아니라 전혀 다른 건물로, 그 건물은 현재 천안세무서가 사용하고 있다는 것을 알게 되었다.

서울 고등·지방검찰청 구내 역사관 개관식(2008. 11.)

부산지검 검사장 재직시 구내에 만든 역사관(2011. 11)

그래서 천안세무서로 가서 원래의 천안검찰청의 흔적을 찾으니 청사를 개축해서 과거 검찰청이 사용할 때와 다른 모습이기에 실망을 하고 그냥 되돌아왔는데, 그 모습을 지켜본 천안세무서장이 안타깝게 생각되었는지 고맙게도 자기네들 자료실을 뒤진 끝에 청사를 개축하기 전에 천안세무서 직원들이 청사 앞에서 찍은 옛날 사진들을 찾았다며 들고 왔다.

그 사진을 자세히 들여다 보니 개축하기 전에 천안지청이 사용하던 청사의 모습이 온전히 나타나 있어서 반가웠고, 그 사진들을 근거로 청사의 변천사를 정리할 수가 있었다.

천안지청에서 검찰역사를 정리, 전시한 일을 계기로『천안지청사』라는 소책자도 만들 수 있었다. 그 후 내가 근무한 대전고등검찰청, 서울고등검찰청(서울중앙지방검찰청), 부산지방검찰청에 내 주도로 검찰역사 전시관을 만든 것에 자부심을 갖고 있다.

검찰청을 방문하는 학생, 주민들이나 젊은 검찰청 직원들이 내 고장 검찰의 역사를 이해하는데 많은 도움이 될 것으로 믿는다.

04 검사의 꽃, 검사장 승진

검사장 승진, 서울고등검찰청 송무부장에 부임

천안지청장의 임기를 마친 후 서울고등검찰청으로 전보되었으나, 실제 근무는 대검찰청에서 전략과제연구관으로 일을 했다. 당시 정상명 검찰총장의 방침에 따라 대검찰청에서 선정한 주요 연구기획과제 중 '양형기준에 관한 연구'를 수행하였다.

직전 3년간 기소된 사건의 법원 선고형을 계량화 분석하고 죄명이 두 개 이상인 경우 중한 죄명을 기준으로 분석하였다. 또한 그 연구 성과 등을 기준으로 '검찰사건 처리기준'을 만들었던 것을 보람으로 생각한다.

1년간의 전략과제 연구가 끝나고 이명박 대통령이 취임한 직후인 2008년 3월, 정기인사가 다가오면서 연수원 15기 동기생들이 검사장 승진을 할 때가 되었는데, 나는 솔직히 내가 검사장 승진자에 포함될 수 있을지 자신이 없었다. 이유는 우선 나의 경우 사법연수원 수료 후 방위병 근무를 하느라 1년 정도 임관이 늦어 연수원 동기생들에 비해 검사재직 경력이 1년 짧았고, 또 한때 건강을 상하

서울고검 송무부장 시절(2008. 4.)

여 큰 수술까지 받은 만큼, 일은 다른 사람 못지않게 열심히 하되 벼슬 욕심은 부리지 말자는 심정으로 그 후 인사에서 매번 한걸음 씩 양보해 왔기 때문이다.

그래서 인사발표가 있던 날, 평소에 해보지 않았던 조퇴를 하고 청사를 나와 버렸는데 퇴근시간 무렵 검사장 승진자 명단이 발표 되었는데 놀랍게도 내가 검사장급 보직인 서울고등검찰청 송무부 장으로 이름이 있었다.

인사발표 직후, 대검찰청 청사 내에서 약간의 소동이 일었던 모 양이다. 그해 인사에서 당연히 검사장 승진자 명단에 들어갈 것으 로 예상된 다른 모 동기생은 탈락이 된 반면, 전략과제연구관으로 한직에 있던 내가 승진자로 발표되자 대검찰청의 많은 후배 검사

아내가 과학기술백년대계상을 받던 날(2012. 1.)

들이 내가 있던 작은 집무실로 축하인사를 왔는데, 막상 방주인은 조퇴해버리고 자리에 없었기 때문이다.

한편 당시는 아내가 제18대 국회의원 총선을 앞두고 서울 서초 갑지역 한나라당 예비후보로 공천신청을 하고 선거운동을 하고 있을 때였다. 공천여부 결과가 나오기 전에, 검사장 승진이 먼저 이루어진 셈이었는데, 며칠 후 아내도 당초 공천을 신청한 서초 갑지역은 아니지만 여당우세 지역인 송파 갑지역에 공천이 되었고 결국 당선의 영예를 안게 되었다.

부부 중 한 사람은 검사장으로 승진하고, 한 사람은 국회의원이

211

되는 겹경사를 맞았으니 이런 부부가 또 있겠나 하고 많은 분들이 축하해 주셨다. 나는 겹경사라는 말에 순간적으로 '우리 두 사람은 더욱 더 겸손해야 한다.'

만약 그렇게 하지 않으면 겹경사가 '급경사'로 추락할 수 있다고 화답했다. 농담 같지만 진심이 담긴 말이었다.

아내가 나름대로 소신껏 정치에 뜻을 두고 국회의원으로 나섰기 때문에 행여나 험난한 길을 걸어가지 않을까, 겪지 말아야 할 정치인으로서의 힘든 삶을 살지는 않을지 걱정이 되긴 했지만, 아내는 등원한 이후에 과학기술분야, 여성계, 교육계의 대표로서 국회의원 역할에 최선을 다하는 모습을 보여 주었다.

출입국 관리와 외국인 정책관리 책임자로 지낸 2년

2009년 7월 인사에서 검사장으로서는 드물게 법무부 출입국 외국인정책본부장(이하 출입국본부라고 약칭)으로 발령을 받아 2년 동안 일할 기회를 가졌다.

검사장이 출입국본부장이 된 것은 과거 박희태 검사장(전 국회의장)이 마지막으로 출입국관리국장으로 잠시 일했던 이후 약 25년만의 일이었다. 25년 동안 대한민국의 국제적 위상 변화에 따라 출입국본부의 업무가 질적·양적으로 달라지고 고도화된 것은 비교하기 어렵다. 그만큼 업무가 중요해진 것을 의미한다.

다만, 출입국관리업무의 전문성 때문에 검사장이라 해서 아무나

법무부 출입국외국인정책본부장 취임(2009. 7.)

그 자리에 갈수 있는 것은 아니었는데, 당시 인사권자인 김경한 법무부장관께서 그 자리를 검사장이 갈수 있는 자리로 직제를 고치고, 그 자리로 보낸 것은 내가 검사장들 중에서는 그 업무에 가장 밝다고 인식했기 때문이었을 것이다.

부임 전까지 스스로도 출입국이나 외국인정책관련 업무를 가장 많이 알고 있다고 생각했었는데, 막상 발령이 나서 부임해보니 그동안 내가 좀 안다고 생각했던 것은, 너무나 빈약할 정도로 출입국본부의 소관 업무는 범위가 방대하고 복잡하였다.

또한 전국에 산하기관이 산재해 있고 평일은 평일대로, 주말은 공항만의 출입국자 증가로 24시간 가동되기 때문에 항상 긴장을 늦출 수 없는 상황에서 재임기간 내내 직원들로부터 배우고, 한편 토론도 하면서 일을 하느라 심신이 무척 힘들었다.

그렇지만, 검찰청에서는 경험할 기회가 없는 출입국, 외국인 관리 행정과 정책을 담당하면서 힘든 만큼 성과가 눈에 보이는 경우도 많았기에 보람을 만끽할 수 있었고, 또한 재임 기간 중 많은 학자와 전문가들과 함께 우리나라의 인구학적 미래를 토론하고, 근심했던 경험은 두고두고 큰 자산이 될 것 같다.

내가 본부장으로 근무하는 동안 본부를 비롯하여 전국의 각 출입국관리사무소, 출장소, 외국인 보호소에서 근무하는 1,800여 명의 출입국 직원들은 업무의 중요성에 비해 낮은 사회적 관심과 인력부족 기타 여러 가지 악조건 속에서도 업무에 최선을 다하면서 본부장에 대한 충성도도 대단하다는 것을 임기 내내 느껴왔다.

나로서도 직원들과 혼연일체가 되어 열정적으로 기분좋게 일할 수가 있었고, 그 결과로 재임 기간 중 우리나라의 출입국 외국인정책업무의 선진화나 조직의 발전과 위상 제고에 약간의 기여를 할 수 있었다는 자부심을 느낀다.

재임 기간 중에 인천공항이 세계 공항 평가에서 연속으로 7년 동안 1위를 차지하는 등 출입국심사의 신속과 편의성을 높였다. 그리고 외국인 입국 시, 지문확인제도 도입 등 유해 외국인 차단의 안전관리로 G-20의 성공적 개최를 하기도 했다. 그밖에도 중국동포들의 한국입국 열망을 반영하여 입국문호를 확대하고 그들의 체류민원을 최대한 수용하려고 애썼다.

그리고 일반 중국인들의 한국 관광입국 수요가 급증할 것에 대비하여 인적교류 확충 대책의 일환으로 입국비자제도를 대폭 완화하자 중국인 관광객이 급증하였다.

또 이민정책연구원 설립 및 중장기 이민정책을 수립하였고, 외국인들이 국내 관광지에 리조트 등 일정금액 이상의 고가 휴양시설을 구입하면 영주권을 주는 투자이민제도를 제주, 부산, 인천, 강원 등에 새롭게 도입한 것도 기억에 남는다.

러시아 이민청장과(2010. 10.)

세계이민기구(IOM) 스윙 총장과
(2010. 12.)

일본 입국관리국 간부들과(2011. 2. 위), 미국이민청 간부들과(2011. 3. 아래)

IOM 총회 발표(2010. 12. 위,아래)

잊을 수 없는 일들 ⑥
눈 날리는 기차역 바젤에서 커피 한 잔

2010년 12월, 스위스 재네바에 있는 국제이주기구(IOM) 본부에서의 연차 총회에서 우리나라가 IOM이민정책연구원을 설립한 사례 발표를 한 다음, 난민기구 고등판무관을 만나기 위하여 제네바로 가게 되었다.

먼저, 프랑크푸르트로 가서 거기서 제네바행 비행기를 갈아탈 예정이었는데, 도착해보니 폭설로 인해 공항은 밤늦게까지 북새통을 이루었고, 나는 계속 대기하고 있었지만, 비행기가 이륙하지 못하는 천재지변이 일어나고야 말았다. 그래서 부득이 항공사에서 잡아준 프랑크푸르트의 캠펜스키 호텔에서 1박을 하고 다음날 오전 제네바행 비행기를 타기로 하고 새벽부터 공항에 나갔지만, 낮까지 폭설이 멈추지를 않았다. 동행한 직원들은 좀 더 기다리자 했지만, 비행기가 이륙할 가능성은 희박해 보였다.

나는 다음날 총회에서 발표를 하게 되어 있으므로 무조건 그날 밤까지는 제네바로 가야 하였기에 무작정 항공편을 기다릴 것이 아니라 프랑크푸르트에서 제네바까지 기차 편으로 가기로 결단을 내렸다. 알아보니 제네바로 직행하는 기차는 없었고, 무려 세 번이나 환승해야 그날 밤에 겨우 도착할 수 있었는데, 그래도 그 방법을 택하기로 하였다.

기차를 타서 눈발 날리는 하얀 설원의 남부 독일지역을 볼수 있는 기회가 생겨 오히려 일생에 다시 경험 못할 유럽기차 여행이라는 생각에 행복했다. 그런데 이 일을 어쩌나.

기차를 환승할 시간이 빠듯한데, 눈이 워낙 많이 오다 보니 기차도 제때 나가지를 못하고 우리가 탄 기차가 세 번째 기차를 환승하기로 한 바젤 역에 연착하는 바람에 예정된 다음 기차를 놓쳐서 아찔하였다.

운이 좋았던지 마침 1시간 후에 같은 노선의 기차가 오게 되어 있다는 것을 알고 바젤 역에서 1시간가량 머물게 되었다. 그런데 알고 보니 바젤역이 바로 독일과 스위스 국경에 있는 역이었다.

눈발이 세차게 날리는 가운데 참으로 많은 사람들이 세계 여러 가지 언어로 왁자지껄하게 떠드는가 하면, 다들 무슨 일로 그렇게 분주히 오가는지 붐비는 국경역 카페에서 커피를 시켜 마시다 보니 남모를 우수와 낭만을 만끽할 수가 있었다.

그날 밤, 무사히 밤에 제네바에 도착하여 보니 먼저 와서 기다리던 대표단 일행과 합류하였고 IOM 총회에서의 발표도 성공적으로 마쳤음은 물론이다.

잊을 수 없는 일들 ⑦
일본 의원들의 독도방문 입국 저지

2011년 8월 1일 오전 11시 10분께 일본 자민당 중의원의 보수강경파 4선의원인 신도 요시타카(新藤義孝)와 이나다 도모미(稻田朋美) 참의원의 사토 마사히사(佐藤正久) 의원 등 3명이 독도를 방문하겠다면서 전일본공수(ANA) 비행기를 타고 김포공항으로 왔을 때 이들의 입국을 저지하고 공항에서 일본으로 되돌려 보낸 일도 기억에 남는 일 중의 하나이다.

외교통상부를 통해 그런 목적의 입국을 허용하지 않겠다는 우리 정부 입장을 사전에 천명하였음에도 이들 일본의원 3명이 우리나라 입국을 강행하려 한 것은 자국 내에서의 정치적 인기와 다음 선거를 의식한 얄팍한 노림수 때문이었을 것이다.

나는 직원들을 시켜 대처할 수 있었음에도 사안의 중요성 등을 감안하여 김포공항내 출입국사무소장실에서 종일 자리를 지키며 공항내 관계기관 직원들의 역할을 지휘 통제하여 이들의 입국을 막았다. 한편 일본 의원들과 함께 입국하는 것으로 알려졌던 극우

파 일본인 대학교수는 느닷없이 전날 밤에 혼자 일본 국적 비행기를 타고 김포공항으로 들어왔었는데 사전에 입국금지 리스트에 올려놓았던 터라 그의 입국을 불허하고, 그 날 새벽 일본행 비행기에 태워 곧바로 돌려보냈다.

　마음 같아서는 일본의원들을 아예 못 내리게 하고 타고 온 비행기에 억지로 다시 태워 그대로 되돌려 보낼 수도 있었지만, 외교적 파장 등을 감안하여 비행기에서는 일단 내리게 하여 입국장 내 대기실에서 만나 부드럽고 단호한 어조로 입국이 불가함을 설득하여 결국 무리 없이 당일 저녁 일본행 비행기로 돌려보낼 수 있었다.

東亞日報
dongA.com

전화 02-2020-0114 구독·배달안내 1588-2020

2011년 8월 2일 화요일 　단기4344년 (음력 7월 3일 (土요)

그들은 원한 걸 얻고, 韓日은 신뢰를 잃다

독도 도발 日의원 3명 입국시도 - 9시간만에 돌아가
日 오늘 방위백서 발표- '독도 영유권' 주장 또 명시

"테러리스트나 범죄자에게 적용되는 입국 거부규정을 일本의 대표적인 국회의원에게 적용했다."
"자신의 입장에 맞지 않다고 입국을 거부하는 것은 민주주의 원칙 위반이다."

울릉도를 방문하려다 1일 김포공항에 온 일본 자민당 의원 3명은 입국을 거부당하자 공항에서 9시간 가량 '시위성 체류'를 하다 일본으로 돌아갔다. 신도 요시다카(新藤義孝·53) 의원 등 3인은 이날 오후 10시 40분 하네다 국제공항에서 20여 분간 귀국 기자회견을 열고 "입국 거부는 법률에 근거 없는 도저히 납의할 수 없는 조치"라고 주장했다.

▶2·3면에 관련기사

신도 의원은 "다시 계획을 세워 한국 방문을 추진하겠다"며 "다만 한국 방문을 추진하기 위해서는 우호적인 외교 노력이 필요하다는 생각이 들었다"고 말했다.

이에 앞서 이들은 1일 오전 11시경 김포공항에 도착해 입국을 거부당하자 "입국 거부로 사증활동을 제한받고 있다" "우리가 테러리스트도 아니고 부순근거로 (한국과 일본) 국권 안전을 해친다고 하나" 등 자극적인 발언을 쏟아냈다. 또 독도를 분쟁지역처럼 보이게 하기 위함, 다분히 의도된 도발 행동으로 보인다.

한국 정부는 이날 "대한민국의 이익이나 공공의 안전을 해치는 행동을 할 염려가 있고 인정할 만한 상당한 이유가 있는 사람"의 입국을 금지할 수 있다는 출입국관리법 11조를 근거로 신도 의원 일행의 입국을 불허했다. 이들은 귀국을 거부하다가 "대는 편의를 봐줄 수 없다"는 최후 통첩을 받고서야 오후 8시 10분경 일본으로 돌아갔다.

법무부 출입국관리소·김포공항 측은 신도 의원 일행에 입국 금지국에 따른 '송환결정문'을 제시하고, 타고 온 비행기 편으로 낮 12시 40분여 돌아갈 것을 요구했으나 이들은 한국 외교통상부가 금지 사유를 자세히 설명해주기 전까지 돌아갈 수 없다며 버텼다.

원칙적으로 입국 금지된 외국인은 본인이 타고 온 비행기로 강제 출국시킬 수 있다. 하지만 출입국관리소는 이 의원들이 국회의원이라는 점과 한일 관계에 미칠 영향을 고려해 지침적으로 한국에 머물도록 설득했다.

일본 정부는 이날 오전 11시 50분 주한 일본대사관을 통해 한국 정부의 입국 금지 조치에 대해 유감의 뜻을 전해왔다. 일본 우익 의원들의 '정치 쇼'는 일단 정치 흥행에는 성공한 것으로 보인다. 하지만 이로 인해 한일 양국은 우호와 상호 신뢰에 금이 갔다.

2일 나오는 일본 방위백서에는 예년처럼 '독도는 일본 땅'이라는 주장이 담길 것으로 알려졌다. 이에 한국 정부는 강력히 대응할 예정이다.
문병주 기자 weehjoo@donga.com
도쿄=김창원 특파원 changkim@donga.com

도쿄 돌아간 日의원들 '정치 쇼' 기자회견 울릉도 방문을 위해 한국 입국을 시도하였던 일본 자민당의 신도 요시다카(가운데), 사토 마사히사(오른쪽), 이나다 도모미 의원(왼쪽·원횡)이 1일 오후 10시 20분 일본 도쿄 하네다 공항에서 한국 정부의 입국 거부 조치를 비난하는 기자회견을 하고 있다. 이들은 송환을 거부하며 김포공항에서 9시간 동안 체류했다. 도쿄=AFP 연합뉴스

고향 부산의 검찰 수장이 되다

2011년 7월, 고향인 부산지방검찰청 검사장으로 부임을 했다. 초임검사로 부산에서 근무하다가 떠난 지 22년 만에 책임자로 다시 부임한 것이다.

검사장이 되기도 어렵지만, 검사장이 되고도 자기 고향에서 근무할 기회를 갖는 것은 한층 더 어려운 일이다. 그것은 검사장이나 지청장 인사를 할 때 본인의 연고지를 피해서 배치하는 상피제(相避制)라는 제도 때문이다.

상피제를 적용하는 이유는 검찰업무의 특성상 추상같은 법집행이 필요한데 연고지에 배치하다 보면 엄정한 업무수행이 힘들고, 심지어 토착인사들과의 유착 등으로 부패행위를 할 소지가 있다는 취지일 것이다.

인사권자가 그런 상피제를 완강히 고수한다면 인사대상자 입장에서는 연고지에 기관장으로 갈수가 없게 된다.
그런데 상피제에 대한 나의 생각은 이미 낡은 구시대적 사고로 그것을 인사기준으로 삼는 것은 난센스이며 장점보다 단점이 더 많다는 생각이다.
즉 세상이 과거와 달리 투명해진데다가 바깥사람들과 식사도 잘 안하는 풍토에서 연고성을 이용하여 무슨 비리를 저지를래야 저지를 수도 없는 구조이며, 임기가 1년도 채 안 되는 상황임에도 상피제라 하여 그 지역에 낯선 사람을 기관장으로 보내면 지역 내에서 동서남북 지리 익히는데 몇 달을 허송해야 하고, 그 지역 출신자가 대부분인 직원들을 통솔하기에는 면이 설리가 없기 때문이다.

더구나 검찰에 대한 국민의 인식이 갈수록 나빠지는 가운데 검찰이 국민의 신뢰를 획득하려면 지역의 검찰수장이 지역과 적절한 관계를 유지할 필요가 있는데, 너무 낯선 사람이 수장으로 가면 간 사람도 그 지역 사람도 서로 허심탄회한 관계가 될 수 있을까.

부산지검장으로 가기 전에 인사를 앞두고 인사권자인 권재진 법무부장관에게 상피제에 관한 나의 소신과 함께 내가 부산지검장을 가도 좋고 상피제 적용으로 못가도 좋은데, 언제까지 이런 구시대적 인사기준을 적용해서 검찰이 스스로 자기의 입지를 좁히면서 일을 해나갈 것인지 걱정된다는 취지로 말씀드렸다. 그 말씀이 주효했는지 며칠 후 부산지검장으로 발령이 나서 기뻤다.

부임하던 날 취임사에서 지역발전에 기여하는 검찰, 기업과 기업인을 배려하는 검찰, '대인춘풍(待人春風) 지기추상(知己秋霜)'의 마음자세를 강조하였다. 지역 언론에서는 검사장이 취임 일성으로 기업과 기업인을 배려하라고 한 것은 매우 이례적이라고 보도되었다.

전임자가 지역의 외부인사들과 접촉을 거의 하지 않은 상태에서 내가 부임하니 지역 인사들이 개인적으로 나를 모르는 관계라 하더라도 내가 부산 사람이라는 이유만으로 매우 반겨주었고, 나 또한 업무에 지장이 없는 범위 내에서 지역과의 거리감을 좁히기 위한 여러 가지 노력을 쏟았다.

부산지검장 취임식(2011. 7.)

부산지검 간부들과 충혼탑 방문(2011. 7.)

감천문화마을에서 사랑의 연탄 나누기(2011. 12.)

부산교도소 재소자들을 위한 자장면 봉사(2012. 4.)

동래향교 고유제(2011. 9.)

범죄예방위원, 조정위원, 시민위원회 위원, 의료자문위원 등 검찰업무를 돕는 민간위원들에 대해 최대한 예우를 하고, 그분들이 그런 봉사를 하는 것에 보람과 자긍심을 가질 수 있도록 하는데 힘을 쏟았다.

한편, 검찰역사전시관을 만들고, 역대 어떤 검사장도 찾은 적이 없던 부산 유일의 향교(동래향교)를 찾아가 인사를 드리니 고유제를 지내주기도 했다.

특히 기억에 남는 일은 검찰합창단을 만든 일이다. 검사 및 일반직원 그리고 범죄예방위원들이 참여하는 합창단을 만들어 범죄예방위원 한마음 대회에서 공연을 하자 범죄예방위원들이 고맙다는 인사를 아끼지 않았고, 일부 여성 위원들은 감격스러워 하였다.

서울동부지검장, 마지막 직책

아쉬움 속에 부산지검을 떠나 2012년 8월 인사에서 서울동부지방검찰청 검사장으로 부임을 했지만, 불과 4개월 만에 물러나게 되었다.

수습 중인 로스쿨 출신 검사가 청사 내에서 불미스런 일을 저질렀고, 그 사실을 알게 된 직후 바로 관리자로서 책임을 지고 사퇴를 한 것이다. 개인적으로 아쉬움이 왜 없을까마는 어쩔 수 없었고 다시 그런 상황이 온다 하더라도 그렇게 할 수밖에 없었을 것이다. 그때의 상황과 심경 등 자세한 이야기는 다음 장으로 미룬다.

서울동부지검의 범죄예방 한마음대회에서 검찰합창단(2012. 9.)

3장

2012년 11월,
검사로서의 마지막 한 달

01 어두운 그림자

시작하는 말

2012년 11월 26일 월요일 오후 3시, 서울동부지검 대회의실에서의 퇴임식을 끝으로 검사 옷을 벗었다.

1983년 제25회 사법시험 합격 후, 사법연수원(제15기)과 군복무를 거쳐 1987년 3월 16일 부산지방검찰청 검사로 임관한 이래 25년 8개월만의 일이었고, 서울동부지검장이 나의 마지막 보직이 되었다.

일주일 전인 23일 금요일, 전격적으로 사표를 제출하면서 퇴임식조차도 생략할까 했으나 검사장이 퇴임식도 없이 청을 나설 수는 없다는 간부들의 건의에 따라 주말을 보내고 곧바로 퇴임식을 가졌다.

정기인사도 아닌 시점에 급히 사직을 하게 된 계기는 알려진 대로 서울동부지검 청사 내에서 발생한 이른바 '성추문 사건' 때문이었다. 그해 7월 부산지검장에서 동부지검장으로 옮긴지 넉 달쯤 될 무렵이다.

내일신문

2012년 11월 23일 금요일 021면 기획

서울동부지검장 책임지고 사의 표명

대검 감찰본부, 22일 진상조사 착수

현직 검사가 수사 대상인 피의자와 성관계를 가진 사실이 드러나 파장이 일고 있는 가운데 석동현 서울동부지검장이 지휘책임을 지고 23일 사의를 표명했다.

대검찰청 감찰본부가 22일 특별감찰반을 구성해 '검사의 부적절한 성관계'에 대한 진상조사에 착수한지 하루만이다. 감찰본부는 석 지검장을 비롯한 동부지검 관계자들의 지휘 책임에 대해서도 감찰을 벌이고 있다.

감찰본부에 따르면 서울동부지검의 A(30)검사는 절도사건 피의자인 B(여·43)씨를 지난 10일 검사실로 불러 조사하던 중 유사성행위를 했다. 그리고 13일 B씨와 외부에서 만나 모텔에서 성관계를 가졌다. 감찰본부는 A검사가 수사를 빌미로 유형의 강제력을 사용해 성관계를 가졌는지 등을 확인할 방침이다.

A검사는 목포지청 소속으로 검사 실무수습을 위해 서울동부지검에 파견되어 있었다. 검사가 피의자를 조사할 때 참여계장의 입회를 원칙으로 하지만 A검사는 이런 규정을 지키지 않고 주말에 혼자서 B씨를 조사하다가 성적 접촉을 하게 됐다.

이 사건은 B씨의 변호인인 정청승 변호사가 문제를 제기하면서 불거졌다. 정 변호사는 지난 20일 A검사의 지도검사에게 사실 확인을 위해 전화를 했다. 정 변호사는 "굉장히 부적절한 성적인 접촉이 있었다는 것을 듣고 담당검사에게 직접 확인해보라는 얘기를 지도검사한테 한 것"이라고 말했다.

A검사와 B씨는 사건이 불거지자 더 이상 문제를 삼지 말자는 합의문을 작성했다. 이 사건은 동부지검에서 1차 조사를 벌였지만 A검사만 조사하고 B씨는 조사하지 못했다.

감찰본부는 A씨와 B씨를 상대로 조사를 벌여 사건의 진상을 확인할 방침이다. 이경기 기자 cellin@naeil.com

서울동부지검장 사의 표명 관련 기사(2012. 11.)

'성추문 사건'이 일어 났음을 처음 알게 된 시점은, 그 일이 처음 발생한 지 열흘이 지난 2012년 11월 20일이었고, 사의를 밝히고 사표를 내던진 것은 그로부터 3일 만인 11월 23일이었다. 퇴임식을 하고 청사를 떠난 26일은 아직 사표가 수리되지도 않은 상태였지만 그것은 그다지 중요하지 않았다.

사건을 일으킨 J 검사는 로스쿨 출신이며, 그해 봄 목포지청 검사로 임명받은 초임검사로 아직 정식으로 사건을 배당받을 수 없고, 1년간의 수습기간을 거쳐야 하는 신분이었다.

법무연수원에서 6~7개월간의 교과연수를 마친 후 3개월간의 실무수습을 위해 2012년 10월 초에 서울동부지검으로 배치가 되었고,

수습기간 중이다 보니 정규 검사와 달리 단독으로 사무실을 받지 못하고 지도를 맡은 고참 검사의 사무실 내 책상에서 지도를 받아 일을 하게 되어 있었다.

실무실습을 위해 실제 사건을 배당하여 조사를 해보도록 하였는데, 자신에게 배당된 절도사건의 여성 피의자를 청사에 불러 조사를 하는 중 부적절한 성행위를 하게 된 일이 벌어지리라고 누군들 상상조차 할 수 있었겠는가.

퇴임을 하던 날, 검찰총장도 아닌 지검장의 퇴임식이었음에도 불구하고 당시 국내 거의 모든 신문, 방송, 인터넷 언론이 검찰총장 퇴임식 이상으로 크게 보도해 주었다.

그것은 아마도 사직의 계기가 된 검찰청사내 '성추문 사건' 자체가 대중에게 충격적인 일이었을 뿐만 아니라 그러한 일이 드러나자 곧바로 검사장이 책임지고 사표를 제출한 것 또한 보기 드문 일이었기 때문이다.

검사장의 반열에 올랐을 때 내 스스로 마음에 새겼던 것은 어느 때든 조직이 나의 사직을 필요로 한다면, 혹은 내가 관리자로서 어떤 책임을 지고 사직함이 마땅한 상황이 생기면 언제든 주저없이 직을 내려놓겠다는 것이었다.

그러기에 김 부장검사의 거액 수뢰 사건이 터진지 얼마 되지 않아 바로 내가 책임자로 있는 청내에서 있을 수 없는 '성추문 사건'이 일어나게 되자, 나로서는 검찰조직이 더 이상 추락할 데가 없겠다 싶은 자괴감과 함께 '아, 내가 직을 내려놓아야 할 때가 바로 지금이다' 싶었고, 이에 길게 고민할 것도 없이 사즉생(死卽生)의 심정으로 사표를 던질 수밖에 없었다.

11월의 첫날, 서울아산중앙병원 병실에서

검사로서의 마지막 한 달이 되어 버린 2012년 11월은 말 그대로 다사다난하였다.

11월의 첫날 아침은 집근처 아산중앙병원 동관 14층 5호실에서 맞이하였다. 부정맥 증세가 있어 전전날인 10월 30일 아산중앙병원에 입원하여 다음날인 31일 최기준 과장의 집도로 전극절제술을 받았다.

최과장은 내 대학동기인 최경준 변호사의 동생이기도 했다. 시술경과는 좋았다. 그리고 하룻밤 병실에 입원한 후, 1일 오전 퇴원하였다.

대통령 후보들의 검찰개혁 요구 봇물

그해 11월 초, 대통령 선거를 한 달반 가량 앞둔 시점이었다. 새누리당 박근혜 후보, 민주통합당 문재인 후보, 무소속 안철수 후보 모두 검찰제도에 대한 대대적 개혁을 공약하고 있었다.

박근혜 후보는 대통령 친인척, 측근을 감찰하는 특별감찰관을 도입하고 상설특별검사를 설치하며, 검찰인사위원회의 심의를 실질화 하는 등의 인사제도 개혁과 검사장 수를 축소하겠다는 공약을 걸었다.

문재인 후보는 대검 중수부의 직접수사 기능을 없애고, 공직비리수사처를 신설하며, 검사장급은 임명 시 인사청문회를 거치게 하고 검찰총장의 국회출석을 의무화하겠다고 공약을 걸었다.

안철수 후보는 대검 중수부를 폐지하고 공직비리수사처를 신설하며 기소대배심을 도입하고 검찰청을 독립적인 외청으로 만들며, 공권력 남용에 대한 징벌적 손해배상제를 도입하겠다고 하였다. 한편 검경관계는 원칙적으로 경찰에서 범죄수사를 담당하게 하겠다고 공약을 걸었다.

이처럼 유력한 세 후보가 내건 검찰개혁방안의 공통점은 모두 검찰의 역할과 권능을 줄이자는 내용이었다. 물론 국민 다수가 원하는 내용이라면 그 자체로 옳은 일이고 정당성을 가진다고 할 것이다. 그러나 검찰의 권능을 무조건 줄이자는 것에는 장점도 있겠지만 동시에 문제점도 있는 법이다.

예컨대 대검찰청 중수부는 보통사람들의 일상적 잘못을 수사하는 곳이 아니다. 대기업, 정치인, 고위관료 등 이른바 힘 있는 자, 가진 자들의 구조적 비리를 단죄하는 곳이다. 그런 기능을 수행하는 대검 중수부의 가장 큰 고객그룹 중 하나인 정치권에서 별 명분을 다 갖다 붙여 폐지하자고 한다면 그 같은 주장에 일반 국민들이 모두 다 공감하거나 지지를 보내지는 않을 것이다.

그처럼 대선후보들의 검찰개혁 주장에는 일면 타당한 면도 있지만, 한편 허점들도 적지 않으므로 그렇다면 지킬 부분은 지키기 위해 그 허점들을 부각시키는 등 검찰의 가치와 의미를 지키는 노력이 절실한 상황이었다. 그럼에도 당시 검찰내부에서는 검찰총장을 비롯하여 지휘부가 어떻게 대처하는지, 일선 검사들의 여론도 수렴하는 차원에서 검사장들과도 소통을 해야 하는데 그런 움직임이 잘 드러나지 않았고, 검사게시판에도 아무런 주장도 의견도 올라오지 않고 있었다.

검찰총장에게 상소문을 올리다

11월 6일 정OO 당시 대검찰청 기획조정부장(검사장)으로부터 검찰총장의 지시를 전달하는 전화가 걸려왔다. 기획조정부장은 사실상 검찰총장의 비서실장으로 하루에도 몇 번이나 검찰총장을 대면하면서 검찰총장의 지시나 명령을 외부로 전하고 산하기관 및 외부의 동향이나 기타 정보를 검찰총장에게 보고하는 직책이다.

그날 나를 포함한 일선 검사장들에게 전달한 총장의 지시내용은 검사장들이 관내지역 국회의원들을 만날 기회가 있으면 검찰개혁 주장과 관련된 검찰의 입장을 설명하라는 것이다. 아마도 대선후보들의 검찰개혁 공약들이 실제로 현실화되려면 법 개정을 거쳐야 하기 때문에 국회의원들에 대하여 설득이 필요하다고 생각한 모양이다.

하지만 그렇게 검사장들이 정치권 인사들과 오해 소지가 있는 불필요한 접촉을 하기보다는 차라리 검찰총장이 전국의 고검장들이나 수도권 검사장들을 불러모아 의견을 듣는다면 중지도 모을 수 있을뿐 아니라 조직의 결속면에서도 훨씬 나을 것이다. 그래서 그런 방식을 건의하는 이야기를 해야겠다 싶어서 상소문 성격의 글을 써 한상대 검찰총장에게 전해주기를 부탁하는 내용과 함께 정○○ 당시 기획조정부장에게 이프로스 메일로 보냈다.

상소문의 요지는 현재 유력한 대선 후보들 세 명이 공히 피상적으로 검찰개혁을 요구하고, 심지어 어떤 후보는 검찰해체를 주장하고 있는 특별한 상황이니 검찰총장도 혼자 사무실에서 궁리만 하지 말고, 제발 전국의 고검장들이나 수도권 고참 검사장들이라도 불러서 일선 청 검사들이 외부의 개혁요구에 대해 느끼는 소회나 전략적 대처방향에 관하여 좀 듣고 중지를 모으는 방법을 검토해 달라는 내용이었다.

02 파도가 밀려오다

김 부장검사의 거액 수뢰 사건이 터지다

내가 정○○ 기조부장에게 메일을 보낸 다음날인 11월 8일에는 참으로 경천동지할 일이 터졌다.

그날 목요일 아침 조간신문부터 경찰에서 현직 검찰간부인 김 부장검사가 어떤 기업인으로부터 차명계좌로 수억 대의 거액을 수뢰한 혐의를 포착하고 내사 중이라는 사실이 각 언론에 대서특필되었다. 김 부장검사는 과거 부산지검 등 여러 지역의 검찰청에서 특수부장을 역임한 특수통 검사였다.

무엇보다 돈을 받은 것이 사실이라면 그 금액이 수억 대로서 종전에 간혹 문제가 된 수뢰 사례와 비교할 수 없는 큰 금액이라는 점에서 그야말로 충격적인 내용이 아닐 수 없었다.

더 뼈아픈 일은 김 부장검사의 비리 혐의는 다른 경로에서 불거진 것이 아니라 경찰에서 다단계 사기꾼 조희팔 사건의 은닉자금을 추적하다가 김 부장검사의 것으로 보이는 차명계좌에서 뭉칫돈을 포착한 것에서 시발됐다는 것이다.

또한 경찰이 김 부장검사를 내사하겠다는 것은 미묘한 검경관계에 비추어 검찰조직에 엄청난 먹구름을 드리울 수 있는 일이다.

내 입장에서 생각해 볼 때 그간에 경찰이 끊임없이 수사권 독립을 주장해 왔고, 또 대선후보들의 검찰개혁 요구가 봇물을 이루는 상황에서 이제 드디어 현직 부장검사가 경찰에 나가서 조사를 받는 일이 생기겠구나 싶었다.

경찰은 그동안 자신들의 총수인 경찰청장이, 그것도 한두 명이 아닌 여러 명이 검찰청에 불려가 조사를 받았었다. 그리고 구속까지 된 사실에 대해 상당한 피해의식을 갖고 있었으니 이번에 자신들이 포착한 검찰간부의 엄청난 혐의사실에 대해 당연히 직접 조사를 하려고 할 것이 분명해 보였다.

특임검사의 지명, 잘못된 단추

그 다음날인 11월 9일 금요일 퇴근 무렵, 한상대 검찰총장은 김 부장검사의 거액 수뢰 사건을 검찰에서 직접 조사하기 위해 김수창 법무연수원 연구위원을 특임검사로 지명한다고 발표하였다. 그것은 김 부장검사의 뇌물수수 사건에 대해 검찰이 조사하겠으니 경찰은 그 사건에서 손을 떼라는 한마디로 일방적인 통첩이었다.

나는 직감적으로 한 총장의 그런 결정이 문제가 있다고 생각했다. 이번 사건만큼은 경찰이 검사를 망신주기 위해 억지로 문제 삼는 내용도 아니고, 사실이 맞다면 입이 열 개라도 할 말이 없는 중대사건인 점에서 경찰로 하여금 조사를 하게 하고 검찰은 그 사건에 대하여 지휘를 하면 된다고 판단하여, 검찰총장의 그 같은 처사는 매우 부적절하다고 생각했다.

언론 역시 다음날 사설 등에서 대부분 검찰이 특임검사를 지명하여 김 부장검사 뇌물사건을 직접 조사하겠다는 것에 부정적인 평가를 하였다. 김 부장검사의 비리 자체도 검찰의 위신을 추락시킨 중대 사태였지만, 거기다가 한 총장이 특임검사를 지명하여 검찰이 조사를 맡겠다고 나선 것은 설상가상으로 나머지 검사들까지 조직이기주의에 빠진 집단으로 만드는 경솔한 처사였다.

기획조정부장에게 보낸 메일에 대한 대검의 반응

특임검사 지명을 발표하던 날 퇴근 무렵, 대검의 정OO 기조부장이 전화를 걸어왔다.

일주일 후인 11월 15일 저녁 일과 후에 서울시내 동부, 남부, 북부, 서부, 의정부 등 5개 지검장과 검찰총장이 총장 집무실에서 도시락으로 저녁식사 후에 현안 간담회를 열기로 했으며, 22일 저녁에는 전국 5개 고검장들과도 같은 모임을 갖는다는 내용이었다.

그런 연락을 받는 순간, 내가 이틀 전에 정OO 기획조정부장에게 보냈던 메일이 계기가 되어 한상대 검찰총장이 그런 간담회를 가지게 된 것이로구나! 생각했다.

검찰총장실에서 열린 서울지역 5곳 지검장 간담회

11월 15일 저녁에는 서울 동부, 남부, 북부, 서부지검장과 의정부지검장 등 5개 지검장이 검찰총장 집무실에 모였다.

채동욱 차장검사, 정OO 기조부장, 임OO 공안부장도 참석하였다. 저녁식사를 식당 대신 총장 집무실에서 도시락으로 대신한 다음 회의실로 자리를 옮겨 현안 간담회를 하는 일정이었다.

간담회 시작을 기다리며 잠시 환담하는 동안에 그 곳에 모인 나머지 4개 지검장들은 한 총장이 취임 1년이 되도록 한번도 하지 않은 이런 류의 간담회를 왜 갑자기 열게 되었는지 다들 영문을 몰라 하는 눈치였다. 아무 회의자료 준비할 필요 없이 몸만 오라 하니 더욱 그랬다.

그러면서도 지검장들은 아무래도 대선 후보들의 검찰개혁 주장 등 검찰이 봉착한 위기상황 타개책에 관해 총장이 일선 지검장들의 의견을 듣고 특히 간담회 일정이 잡힌 직후에 불거진 김 부장검사의 수뢰 사건으로 특임검사가 지명되어 수사 중인 부분도 논의

대상이 되지 않을까 하는 말들이 서로 오갔다. 지검장쯤 되는 사람들로서는 너무도 자연스러운 짐작이었다.

그런데 간담회에 앞서 도시락으로 식사를 시작하자마자 한 총장은 간담회 개최의 배경이랄까 동기를 버럭 말해버렸다. 한 총장은 참석한 지검장들과 대검 간부들을 향해 약간 야릇한 특유의 표정과 웃음을 섞어 "우리가 왜 저녁에 집에도 못가고 이렇게 늦게 모여서 도시락 먹어가면서 회의 하는지 알아요? 동부지검장 때문이요(덕분이요라 한 것 같기도 하다)"라고 하는 것이 아닌가.

참석자들의 시선이 일시에 나에게로 꽂히는 것을 느꼈다. 순간적으로 한 총장이 일주일 전, 내가 대검 기조부장에게 보낸 상소문 메일을 염두에 두고 하는 말인 것을 직감했지만, 그 자리에서 그 말을 할 수는 없고, 그냥 씁쓸하게 웃음을 짓고 답은 하지 않았다.
그렇게 시작한 간담회는 7시 무렵부터 시작되어 10시까지 약 3시간 정도 진행되었다. 그 내용은 다소 실망스러웠다.

대검 기조부에서 준비한 회의 자료는 유력후보들의 검찰개혁과 관련된 공약에 관한 내용이었고, 한 총장도 검찰개혁 공약에 대처하는 방안만 거론하면서 참석한 지검장들에게도 그 내용에 관한 의견을 요구했을 뿐 당장 발등에 떨어진 검찰의 현안, 즉 김 부장검사의 거액 수뢰 사건과 그에 대한 특임검사 지명, 검경간의 긴장 관계 등에 관해서는 회의가 끝날 무렵까지 한마디도 내비치지 않았다.

그렇게 되니 참석한 검사장들 누구도 검찰개혁 공약에 관한 이야기 외에는 말을 하기가 어렵게 되었다.

나는 내심 그 사건에 대해 김 부장검사에 대한 법적 책임을 묻는 것과 별개로 검찰에 실망한 민심수습 차원에서 한 총장이 책임을 지고 용퇴를 하거나 '대 국민사과' 등 필요한 조치를 취해야 한다고 생각하고 있었다.

그런 점에서 검찰총장이 수도권의 고참 지검장들을 모아놓고 현안회의를 하면서 김 부장사건과 특임검사 지명 건에 대해 아무런 언급을 않는 것이 회의시간 내내 답답했다.

대검 출입기자들도 검찰총장이 수도권 일선 지검장들을 모이게 해서 통상적이지 않는 비상적인 간담회를 열고 있는 것을 다 알고 있는 상황이었다.
그런 상황인데도 지검장들이 모여서는 김 부장검사 사건으로 촉발된 검찰위기에 대해서는 한마디 의논도 하지 않았다고 하면 기자들이 황당하게 느낄 여지는 충분하였다.

그런 상태에서 10시가 지나자 한 총장이 간담회를 마무리 하려 하기에 할 수 없이 내가 총장의 마무리 멘트를 자르고, 들어가 한마디를 하였다.

'지금 국민들은 김 부장검사의 거액 수뢰 사건으로 검찰에 대한 실망이 이만저만이 아닙니다. 특임검사를 지명하여 자체 조사하는 것에 대해서도 국민들은 과연 검찰이 제 식구 감싸기를 하려는 것이 아닌지 의심할 가능성이 많은 실정입니다.

이런 시점에서 우리 검찰이 더 이상 추락하지 않으려면 김 부장검사 사건에 대한 전말도 낱낱이 규명해야 할 것이고, 그 수사가 일단락이 되는 시점 혹은 더 이른 시점에 검찰총장을 비롯한 검찰 수뇌부 전체가 국민 앞에 석고대죄하는 심정으로 대국민 사과를 하는 방안도 검토해야 할 것입니다'.

나의 발언이 끝나자 회의장은 일순 무거운 정적이 감돌았다. 분위기를 눈치 챈 채동욱 차장검사가 내 말을 받아 적절한 지적이라고 하면서 그렇게 하는 것이 좋겠다는 생각이 든다면서 내 말을 거들었다. 그렇게 내 문제 제기에 동의함으로써 더 논의할 것도 없으니 회의를 마무리 하려고 하는 기색이 역력했다.

한 총장은 더 이상 말이 없었고, 회의는 맹한 소리만 몇마디 더 하다가 끝나고 말았다. 회의가 끝나고 돌아오는 길에 나는 그 자리에서 한 총장에게 국민에 대한 사죄 차원에서 검찰총장이 임기에 연연하지 않겠다고 하거나 용퇴할 의사를 피력하는 것이 맞다는 것을 주장하지 못한 용기 부족을 매우 후회했다.

03   나를 좌초시킨 수습검사의 일탈

동부지검 구내식당에서 열린 호프데이

11월 19일(월) 일과 시간 후에는 동부지검 청사 내 구내식당에서 7월 검사장 부임 후 처음으로 전 직원이 함께 모여 서로의 노고를 치하하고 화합을 다지기 위한 호프데이 행사를 가졌다.

좀 더 일찍 그런 자리를 만들 수도 있었으나, 8월 이후 검찰개혁 논의가 연일 언론을 장식하다 보니 전체 회식은 고사하고, 청사 부근 식당에서 부서별 회식을 갖는 것조차도 조심스러운 분위기어서 엄두를 못 내던 중 연말이 되기 전에 약간 소박하게라도 하자 해서 구내식당에서 행사를 하게 된 것이다.

11월 초부터 시작한 부과별 탁구대회 결승전을 가진 직후에 구내식당과 옆 복도에 생맥주와 약간의 다과류를 준비했다. 그리고 영화상품권 같은 약간의 상품을 걸고 부과별로 대표들이 나와서 생맥주 빨리 마시기, 제기차기 등 게임을 하는 등 좀 검소하지만 그런대로 부담없이 직원들이 웃고 즐기며 서로 친교하는 자리를 만들 수 있었다.

인상적이었던 것은 부과별로 생맥주 빨리 마시기 시합을 하는데, 형사2부 막내 검사에 해당했던 J 검사가 부를 대표해서 열심히 경기를 하였던 점이다. 보통 그런 경연을 하면 검사들이 다음날 일을 위해 몸을 사리고 경기에 적극 참여를 하지 않는 경향이 있는 법인데, J 검사의 경우 몸을 사리지 않고 경기에 적극성을 보여주기에 매우 대견하게 보였다.

그런데 그 자리에 있던 직원 중 어느 누군들 바로 그 J 검사가 며칠 전에 청사 내에서 조사받던 여성 피의자와 성적 접촉을 하는 기상천외한 일을 저지른 사실, 그리고 그 일이 바로 다음날에 불거지리라는 것, 그로 인해 검사장이 전격 사직하는 사태까지 이르리라는 것을 상상이나 했을까.

성추문 사건의 첫 보고

11월 20일 화요일 점심시간을 지난 오후 3시경 이○○ 형사 2부장과 서○○ 검사가 아주 상기된 얼굴로 검사장 집무실로 들어오더니 이상한 일이 생겼다며 말을 꺼냈다.

서 검사의 보고로는 상습절도사건 여성 피의자의 변호인이 그날 점심시각 직전에 자신에게 전화를 걸어왔는데, 그 내용인 즉 서 검사실에 근무 중인 J 검사가 지지난 토요일 즉 10일에 검사실에서 그 여성 피의자를 조사하는 과정에서 그 여성과 성관계를 가졌고, 또 며칠 후에는 검찰청 외부에서 다시 한번 더 성관계를 가졌다는 이야기가 들리는데 지도검사가 그 사실을 알고 있느냐고 물어왔다는 것이다.

그리고 그 변호사는 해당 여성 피의자가 성폭행피해신고센터를 찾아가서 검사에게 성폭행을 당했다는 취지로 피해신고까지 했다고 한다.

그 말을 들은 서 검사는 하도 어이가 없었지만, 마침 누구를 조사 중이었던 관계로 바로 옆자리에 앉아 있던 J 검사에게 사실여부를 바로 확인치 못하고 점심시간 직후 불러서 물어보니 그때까지 아무 내색도 없었던 J 검사가 갑자기 아주 당황한 표정으로 잠시 화장실에 갔다 온다고 사무실을 나가서는 그 길로 두 시간째 돌아오지도 않고 휴대폰도 안 받는다는 것이다.

나는 직감으로 J 검사가 그 여성 피의자를 성폭행 하였을 리는 만무하지만, 어쨌거나 어떤 부적절한 성적 접촉이 있었을 수 있겠다 싶었고, 이에 형사1부 수석검사이면서 감찰전담인 김종근 검사에게 서 검사와 함께 J 검사를 상대로 밤을 새더라도 상세한 경위조사를 하도록 지시하였다.

한편 퇴근시간이 가까워 옴에 따라 법무부 감찰관실과 대검찰청 감찰1과장에게 차례로 전화를 걸어서 개략적인 사건 발생보고를 하였다.

청사 내 사무실에서 계속 대기하면서 밤 11시경까지 조사를 마친 김종근 검사로부터 보고를 받아본 바 모 검사의 말로는 그 여성 피의자는 관내 어느 백화점에서 15회에 걸쳐 좀도둑질을 한 사람이었는데, 경찰에서 자백도 하고 물증도 있어 기소에는 아무런 문제가 없었다고 했다.

다만 J 검사는 수습기간이다 보니, 피의자를 불러서 조사를 하는데 피의자가 주말밖에 시간이 안 된다 하여 결국 토요일에 나오게 하였다는 것.

지도검사나 참여 계장이 부재한 가운데 단둘이 있는 상황에서 조사를 하다 보니 피의자 신문조서를 작성치 못하고 피의자로 하여금 진술서를 작성하게 하였는데 진술서를 쓰던 피의자가 자신은 아이가 셋인데 이 일로 교도소 가면 안 된다고 책상에 엎드려 울기에 J 검사가 안쓰러운 마음에 진정을 시키려 하자, 그 여성이 검사에게 안기듯이 몸을 붙잡고 통곡을 하더라는 것.

그 과정에서 검사는 두세 번 여성의 몸을 밀쳐내면서 몸에 안긴 상태를 떼어 놓았는데, 어느 순간 여성 피의자가 갑자기 자기 앞에 서 있는 J 검사의 바지 혁대를 풀고는 순식간에 이상한 행동을 하더라는 것 등이다.

그래서 얼른 그 여성 피의자의 몸을 밀쳐 낸 것이 그 날 일의 전부였고, 다음 주 화요일 그러니까 3일 후 퇴근 무렵에 그 여성 피의자가 전화를 걸어와 절도사건 합의서 작성요령을 묻기에 퇴근하면서 만났는데, 다시 신체적 접촉이 생겨 어느 모텔로 자리를 옮겨서 관계를 가졌다는 것이다.

그것이 과연 사실의 전부인지 단정하기는 어려웠다. 하지만 일단 성관계를 가진 것은 분명해진 상황을 접하고 보니, 아득하게 느껴졌다.

하지만 우선은 사태수습이 급선무였다. 일단 이 사태를 수습하고, 나의 거취 문제는 그 다음이다 생각하고 대검 감찰부장과 법무부 감찰관에게 내가 직접 그때까지 보고받은 내용 그대로를 가감 없이 보고하였다.

검찰총장에게 '성추문 사건' 관련 대면보고를 하다

다음날인 11월 21일 수요일 오전에는 곧바로 대검찰청으로 출근해서 검찰총장실로 들어갔다. 한 총장과 채동욱 차장검사 그리고 이준범 감찰부장이 합석한 가운데 전날 저녁의 1차 조사결과를 보고하였다.

나는 J 검사가 검사실 내에서도 그 여성 피의자와 과연 성관계를 가졌는지 여부가 다소 불분명한 상황이니 동부지검에서 자체조사를 좀 더 해보겠다는 취지로 보고하였다.

그러자 한 총장은 그보다는 대검 감찰부가 즉시 직접 조사를 하라는 취지로 차장검사와 감찰부장에게 지시하였다. 그 같은 총장의 지시에 대해 이준범 감찰부장은 미리 지시를 받았거나 혹은 구상을 하고 있었던지 기록검토 및 주변정황을 파악해서 주말경 감찰부에서 직접 J 검사와 해당 여성 피의자를 조사하겠다는 취지로 말했다.

대검의 감찰 착수방침 발표… 운명의 시간이 다가 오다

대검 감찰부로 자체 조사 자료를 다 보낸 다음날인 11월 22일(목) 오전부터 대검 출입기자들이 전화로 '성추문 사건'에 관한 상황을 묻기 시작했다. '기자들이 이미 사건이 생긴 사실을 어렴풋이라도 감지를 하고 있구나' 하는 느낌을 받았다.

점심시간이 지나니 대검찰청에서 연락이 왔다. 아무래도 저녁

전에 어느 언론사에서 특종 보도할 것 같아 할 수 없이 4시나 5시 경에 대검 감찰부에서 사건 발생사실과 사건에 대해 대검 감찰부가 자체감찰을 시작하였다는 사실을 정식으로 기자들에게 발표하겠다는 것이다.

실제로 4시 반에 이준범 감찰본부장이 대검 출입기자들을 상대로 첫 발표를 하였다.

그렇게 일이 돌아가는 상황에서 한 총장이 동부지검장의 거취표명을 언급했다는 소식이 감지되었고, 그런 태도로 보아 한 총장은 6개월 정도 밖에 임기가 남지 않았음에도 총장직을 물러날 생각이 없는 듯 보였다. 그렇다면 국민들이 보기에 검찰이라는 조직은 사고가 연거푸 터져도 누구 하나 책임을 지지 않는 우스운 조직으로 비치겠다는 생각이 들었다.

무엇보다 대통령 선거가 불과 한 달도 안 남은 상태에서 이 나라의 최고 사정기관인 검찰이 만신창이가 되고, 날개 없는 추락을 하는 것은 어느 모로 보나 막아야 될 일이었다. 결국 나부터라도 책임지는 모습을 보이자 싶었다. 대학동기이자 수원지검장으로 있던 김수남 검사장에게 전화로 의견을 구했다.

내가 사직을 할까 한다 하니 김 검사장은 이런 사고로 검사장까지 옷을 벗는 게 맞나, 옷을 벗을 필요가 있을까 하는 생각이 들기는 하지만 만약 석 검사장이 그런 용단을 내린다면, 후배들에게는 두고두고 좋은 모습으로 기억될 것이라고 격려해 주었다.

그래서 확신을 가지고 처에게 전화를 걸어 그런 뜻을 귀띔하였다. 또 부산의 어머님에게도 놀라지 마시라고 전화를 걸어 오늘 당장 검사장직에서 사표를 낼 수밖에 없는 전후 사정을 설명드렸다.

마침 그날(11월 22일) 저녁에는 검찰총장이 전 주에 이어 총장 집무실에서 만나 도시락으로 식사 후 간담회를 하기로 되어 있었다.

밤 10시경이면 간담회가 거의 끝날 무렵이라고 생각하고 대검 차장검사실로 전화를 걸었다. 부속실 직원이 총장 주재 간담회장에 들어가 계신다고 하기에 긴급한 용무가 있으니 연결을 부탁했다. 그러자 곧 전화가 걸려왔다.

채 차장검사에게 내가 청 관리자로서 '성추문 사건'에 대한 책임을 지고 사직을 하겠다고 하니 오히려 만류를 하였다. 한 총장에게 보고하고 결과를 알려줄 테니 외부에 발설하지 말고 좀 기다려 보라는 것이었다.

사의 표명과 사직서 제출

11월 23일 금요일이 되었다. 아침 9시경 출근하자마자 이영만 차장검사와 경인현 사무국장에게 사직의사를 알리고, 이어서 대검 차장검사에게 다시 전화를 걸어 어젯밤에 표명한 사직의사가 확고함을 피력하였다.

10시가 약간 못 된 시간에 석간 문화일보 기자가 휴대폰으로 연락하기를 다급하게 기사 마감시간 운운하며 "사직설이 들리는데, 사실이냐"고 묻기에 "그렇다"고 답했다. 상황은 더 이상 되돌릴 수 없는 지경으로 가고 있었다.

사직을 하는 다른 검사들이 관례적으로 그랬던 것처럼 나도 이 프로스 검사 게시판에 사직의 글을 올리기로 하였다. 이런 날이 언젠가 올 줄 생각은 했지만 막상 닥치니 어리벙벙했다.

그래도 마음은 비교적 평온했고, 글을 쓰는 데에도 시간이 그다지 많이 걸리지 않았다. 10여분 만에 다음과 같은 사직의 글을 완성한 다음 10시 30분경 게시판에 올렸다.

2012년 11월 23일 오전, 사의를 표명한 뒤 청사를 나설 때(2012. 11. 국민일보 발췌)

제목: 사의를 표하고자 합니다
게시자: 석동현/서울동부지방검찰청
게시일: 2012-11-23-10:27:02
주제어: 사의

서울동부지검에서 발생한 불미한 사태에 관하여 청의 관리자로서 책임을 통감하며 저는 오늘 사직을 하고자 합니다.

김 부장검사 사태로 검찰의 위신이 바닥에 추락한 상태에서 다시 조직의 기반을 송두리째 흔드는 이 사태를 지난 화요일 오후 처음 접하는 순간 누군가는 책임을 지는 모습을 보여야 할 일이라고 생각하고 마음을 비웠습니다.

최대한 신속히 자체조사를 통해 가감 없이 상황파악을 마치고 곧바로 대검 감찰부서에 사태발생보고를 하였으며, 이제 엄정한 감찰조사가 시작된 지금 저로서는 이제 물러나는 것이 도리라 생각합니다.

그동안 능력 부족한 가운데에서도 나름대로 열심히 일해 왔고, 또 많은 선후배 동료들의 도움도 많이 받았습니다.
감사하게 생각합니다. 안녕히 계십시오.

2012. 11. 23. 서울동부지검장 석동현 올림

사직의 글을 올리고 나서도 두세 번 읽어 보았다. 글을 올린 지 5분정도 지났을까 김윤상 부장검사를 시작으로 댓글이 달리기 시작하였다.

이어서 법무부로 보낼 사직서도 작성하였다. 사직의 이유나 심정을 짧게라도 기재할 생각을 하다가 결국 다른 사람들이 하듯이 평범하게 "일신상의 이유로 사직하고자 하니 청허하여 주시기 바랍니다"라고 적고 말았다.

이프로스에 사직의 글을 올린 지 약 10분이나 지났을까, 집무실에 켜져 있던 TV의 뉴스에서 아래 하단에 자막으로 '서울동부지검장 사의 표시'라는 굵은 글씨의 문구가 씌어 있는 것이 보였다. 아, 저 사람들 참 빠르구나 싶었다. 저 사람들은 그새 내가 이프로스에 올린 사직의 글을 보고 저런 문구를 방송으로 내보내는 것일까, 아니면 아침에 통화했던 신문기자의 말을 듣고 저렇게 하는 것일까? 하는 궁금증이 머리에 스쳐갔다.

점심시간이 되어 청사 근처 식당으로 가기 위해 이영만 차장검사와 함께 1층으로 내려가니 현관 쪽에 벌써 10여 명의 기자들과 카메라맨들이 진을 치고 있었다. 기자들이 대기 중인 것을 미리 알았더라면 무슨 말이라도 생각을 해서 나갔을 것을, 아무 생각 없이 현관으로 나섰다가 기자들이 와하고 몰려들어 마이크를 들이대자 당혹스러운 마음에 "송구합니다"라는 말 밖에 나오지 않았다.

이런 경우에 퇴임식을 하는 게 맞는지, 한다면 오늘 오후에라도 당장 퇴임식을 하고 곧바로 청을 떠나는 게 맞는지 아니면 주말을 보내고 다음 근무일인 월요일에 퇴임식을 해도 되는지 조차도 처음 겪는 일인지라 좀 헷갈렸다. 결국 월요일 오후에 퇴임식을 하기로 하였다.

방송뉴스를 본 어머님을 비롯하여 지인들이 아쉬움과 격려가 뒤섞인 전화를 수없이 걸어왔다. 그 중 어떤 분은 사표가 수리되기 전에는 절대 퇴임식을 하지 말라고 친절한 충고까지 해주었지만 사표수리 여부를 기다릴 상황은 아니라고 생각했다.

점심 후에는 과천의 법무부장관실로 가서 권재진 장관에게 사직인사를 하였다. 짧은 대화과정에서 권 장관이 위로의 인사 외에 구체적으로 어떤 말씀을 했는지 자세히 기억이 안 난다. 권 장관은 안타까운 일이기는 하나 석 검사장이 사표 낼 일이 아닌데 검찰조직을 위해 몸을 던지는 것을 충분히 알고 있다는 취지로 말씀하였던 것 같다. 그러나 사직을 만류하기보다 사직을 받아들이는 분위기였다.

법무부에 들린 후, 곧바로 김포공항으로 가서 비행기로 부산을 내려갔다. 마침 그날은 부산 동래농심호텔 허심청 연회장에서 내가 다닌 부산동고등학교 총동창회 정기총회가 열리는 날이어서 그곳에 참석하기 위함이었다. 내가 1년 임기의 총동창회장을 맡고 있었는데, 그날 정기총회에서 후임자에게 총동창회장 직을 넘겨주기로 예정되어 있었기에 내려가게 된 것이다.

그날 낮부터 모든 TV방송의 뉴스에서 하루 종일 서울동부지검장이 검사 '성추문 사건'으로 사표를 냈다는 뉴스가 도배를 하였으므로 동문들은 거의 전부 총동창회장인 내가 정기총회에 못 내려오는 것으로 생각하였던 것 같았다.

그러다가 내가 비교적 밝은 얼굴로 행사장에 들어서자 놀라움과 아쉬움, 반가움이 교차하는 표정이었고 그러면서도 나의 결단이 너무 멋지다면서 참석자 전원이 기립 박수를 쳐 줄 때에는 잠시 눈가가 약간 뜨거워지는 것을 느꼈다.

마지막 주말

주말은 검사의 신분으로 보내는 마지막 휴일이라는 생각을 하면서 마음을 추스렸다. 참 많은 일들이 주마등처럼 스쳐갔다. 월요일에 예정된 퇴임식을 간소하게 해야겠다는 생각에 사무국장과 총무과장에게 다음과 같은 내용을 문자로 지시하였다.

퇴임식을 간소하게 하고 싶으니, 퇴임식장에서 재직기념패나 직원들이 주는 꽃다발 정도 외에는 다른 일체의 선물을 준비하지 말 것(직급별로 선물을 준비하려면 돈을 추렴해야 하니까), 가슴에 다는 코사지 꽃은 준비하지 말 것, 퇴임식에서 동영상 같은 것을 준비하지 말 것, 그리고 퇴임식 후 그냥 차를 타고 바로 나갈테니 간부들과의 단체 사진도 찍을 필요가 없다고 하였다.

수년 전부터 기관장이 이임하거나 퇴임할 때에는 재임기간 중

활동상황을 담은 동영상을 준비해서 틀어주는 것이 관행이 되었지만 내 경우에 갑작스런 사직으로 인해 미처 동영상을 준비할 시간도 없었거니와 혹시 무슨 내용이라도 급조해서 틀 생각조차도 하지 말라고 신신당부하였다.

퇴임식에서 할 이야기를 정리해 보고자 했으나, 일요일 밤 늦게까지도 퇴임사가 잘 써지지 않았다. 결국 자정 무렵부터 다음날 새벽 4시까지 퇴임사를 쓰고 겨우 세 시간 가량이라도 눈을 붙일 수가 있었다. 새벽에 일어나니 눈이 많이 아팠지만, 머리는 약간 멍한 느낌 외에 그다지 무겁지도 아프지도 않았다.

04   퇴임식… 그 후 일주일

퇴임식

11월 26일 월요일은 마지막 출근을 하는 날이었다. 퇴임식은 오후 3시로 예정되어 있었다. 2008년 3월 서울고등검찰청 송무부장으로 발령받아 검사장 승진을 하게 되면서 그때로부터 검찰총장이 되지 않는 이상 5~6년이 지나면 검사의 옷을 벗게 된다는 것은 늘 생각해 왔던 것이지만, 이렇게 갑자기 사직하게 되리라는 것은 불과 며칠 전만 해도 생각지 못한 일이었다. 하지만 현실이었다.

마지막 날의 일정은, 하고 싶지 않았던 일로 시작했다. 그 일이란 다름 아니라 검찰총장실에 사직인사를 하기 위해 들린 일이었다. 해프닝 수준과 같은 부하직원의 돌출적 사고에 대해 관리자로서의 책임을 지고 사직까지 한 마당에 리더십이 낙제 수준인 검찰총장에게 사직인사를 가지 않은들 무슨 대수이겠는가.

하지만 검찰총장실을 찾아간 것은 혹시나 한 총장이 최근 일련의 검찰수난에 대해 총장인 자신이 물러나야 하는데 당신이 물러

퇴임식을 마치고 청사를 떠날 때(2012. 11. 26) ⓒ 연합뉴스

나게 되어 미안하다는 말 한마디라도 들을지 모른다는 실낱같은 기대감 때문이었다. 그러나 현실적으로 그런 기대감은 한심하고 부질없는 일이었다.

총장실에 들어갔을 때 한 총장은 나에게 잠시 탁자에 앉았다 갈 것을 권했지만, 나는 선 채로 목례만 하고 바로 나와서 동부지검으로 되돌아왔다.

퇴임식이 시작된 후, 간밤에 작성한 퇴임사를 읽는데 첫 줄에서 잠시 목이 메었다. 겨우 호흡을 가다듬고 무사히 퇴임사를 마쳤다. 퇴임사 원고를 읽는 도중 안경너머로 방청석에 앉은 여검사들과 여직원들 몇 명이 손수건으로 눈물을 훔치는 것이 보였다.

퇴임사

저는 오늘로서 26년간의 검사생활을 마감하게 되었습니다. 열정이나 업무에 대한 자세만큼은 누구보다도 진지했다고 자부하지만 애당초 가진 능력이 여러 가지로 부족하고 특히 10년 전 건강을 크게 상하는 일까지 겪고서도 과분하게 검사장의 직책까지 지낼 수 있었던 것은 행운이었다 하겠으나, 이번에 저의 부덕함과 관리능력 부족이 겹쳐 청내에서 도저히 믿기 힘들 정도의 충격적인 사건이 발생하면서 그에 대한 지휘책임으로 이렇게 중도 사직하게 되고 보니 착잡한 마음 금할 수가 없습니다.

직원 여러분과 전국의 검찰가족에게 죄송한 것은 물론, 그보다 앞서 우리 검찰을 지켜보시는 국민 여러분께 커다란 실망과 심려를 끼쳐 드린 점에 대해 먼저 깊은 사죄의 말씀을 드립니다.

비단 이번 사고뿐만 아니라 이미 먼저 발생한 일련의 불미스러운 일과 그밖에도 여러 가지 미흡한 부분이 많아 이 나라의 최고 사정기관이라 할 검찰의 위신이 바닥으로 추락하고, 조직의 기반이 흔들릴 지경에 이른 점 또한 국민 여러분께 고개를 들 수 없는 대목입니다.

단지 검찰의 위신이 추락하고 조직이 흔들려서 문제라는 것이 아니라 정치적 중립을 지키면서 이 사회의 법질서 확립을 주도

해 나가야 할 검찰이 그 고유하고 본질적인 기능을 수행하기가 점점 어려워지고 있는 점이 심히 걱정스럽고, 도대체 그 원인을 어디서부터 정리하고 해법 또한 어디서 찾아야 할지 아득하기까지 합니다.

검사들이 대오각성하고 그 해법을 찾는 일은 이제 남은 여러분들의 몫이 되었습니다.

저도 검사직을 퇴임하는 이 자리가 검사로서 이야기할 수 있는 마지막 기회인만큼 조직을 위해 드릴 수 있는 마지막 고언을 몇 가지만 말씀드리고자 어제 그제 밤을 새다시피 글을 고치고 또 고치며 준비했으나, 결국 떠나는 자는 유구무언이어야 한다는 생각에 이다음 기회로 미루기로 하겠습니다.

검찰직원 여러분, 사랑하는 후배 검사들 여러분!
저는 검사 시절이나 부장검사 시절에 검사장 급 간부는 시류나 조직의 필요상 자리를 비켜주어야 할 때에는 공과를 떠나서 언제나 따라야 하며, 어떤 사건이나 사고로 기관장의 책임지는 자세가 필요하면 주저없이 물러날 수 있어야 한다고 늘 생각해 왔고, 아울러 만약 저 자신도 그런 상황이 되면 반드시 그리 하리라고 다짐해 왔습니다.
이번에 저가 그런 국면에 처하였습니다. 직무상의 책임감으로 직에서 물러나는 것도 주어진 숙명이며 어떤 면에서는 보람이라 생각하여 담담하고 마음이 평안합니다. 오히려 난마같이 엉

킨 검찰위기의 와중에서 저만 떠나는 것 같아 미안하기까지 합니다.

끝으로 지난 26년 각급 검찰청과 법무부에서 검사생활을 하는 동안 저가 조금의 기여라도 남겼다면 그것은 전적으로 저에게 지혜와 능력을 아끼지 않고 도와준 선후배 동료들, 그리고 항상 헌신적으로 일해온 많은 검찰 일반직 간부와 수사관들 덕분이라 생각하며 그 모든 분들에게 고마웠다는 인사를 드리고 싶습니다.

아울러 공직의 길을 걷는 동안 항상 저가 불의와 비리에 물들지 않도록 항상 경계심을 주고 또한 격려를 해 준 제 가족들에게도 감사의 마음을 전합니다. 마음의 준비는 항상 되어 있었다 하더라도 막상 구체적 준비없는 가운데 며칠 만에 갑자기 사직을 하고 보니 무엇부터 어떻게 해야 할지 약간 걱정도 되지만 부족하기 짝이 없는 공부도 더 하면서 차분하게 인생의 2라운드를 준비를 하려고 합니다.

검찰가족 여러분!

지금 우리 검찰 조직에 외부에서 걱정하듯 문제점이나 위기요인이 다소 많은 것은 사실이지만, 그러나 검찰의 본연의 기능이나 역할은 이 사회의 질서, 민생의 안정을 떠받치는 기둥인 만큼 이 위기를 반드시 극복해서 본연의 소임을 다할 수 있어야 할 것입니다.

검찰총장으로부터 검찰구성원들 모두가 상하 간에 진솔하게 그리고 수평적으로 그동안 부족했던 소통을 늘려가면서 검찰이 이 사회의 모든 불의와 비리를 모두 발본색원한다는 착오와 과욕을 버리고 몸을 약간 낮추는 자세로 슬기롭게 지혜와 노력을 모은다면 반드시 그렇게 할 수 있다고 저는 확신합니다.

저도 당분간은 자성하는 자세로 검찰의 위기 극복과정을 지켜보면서 마음의 성원을 보낼 생각입니다.

여러분과 여러분의 가정에 늘 행복과 건강이 함께 하시기를 기원하면서 이제 작별을 고하고자 합니다.

그동안 감사했습니다. 여러분 모두 안녕히 계십시오.

2012. 11. 26 서울동부지검장 석동현 드림

퇴임식장에서 울고 있는 둘째 혜원이를
안아주다(2012. 11.)

퇴임식장에 아내와 둘째 혜원이가 참석하였다. 아빠가 검사인 것을 늘 자랑스러워했던 혜원이는 아빠가 왜 사표를 내는지 이해할 수 없다고 했다. 식장에서 많이 울어서 달래주어야 했다.

퇴임 후, 청사 앞에 도열한 전 직원들의 박수를 받으며 곧바로 청사를 나왔다. 기자들도 제법 많이 왔다. 기자들이 이번 사태와 관련하여 물러나게 되었는데 국민들에게 하실 말씀이 없느냐 해서 국민 여러분께 충격과 심려를 끼쳐드린 점에 대해 깊이 사죄의 말씀을 드린다고 인사를 했다. 검사로서 마지막 한 달의 맨 나중 순간은 결국 차에 올라타고 청사를 빠져나오는 일이었다.

아! 날아가 버린 황조근정훈상

갑작스러운 사직이었으니 중도에 꿈을 접은 아쉬움과 회한이 왜 없겠는가. 하지만 사직의사를 밝힌 순간부터 이 순간까지 그 결정을 한번도 후회해 본적은 없다. 다시 그 상황이 되더라도 그랬을 것이다.

다만 아무래도 감출 수 없는 아쉬움이 한 가지 있다면 훈장(황조근정훈장)을 날려버린 일이다. 사실 그해 12월에 나는 정부로부터 황조근정훈장을 받기로 예정이 되어 있었다. 근정훈장은 공무원(군인·군무원 제외)으로서 직무에 정려(精勵)하여 공적이 뚜렷한 사람에게 수여하는 훈장으로 1등급은 청조근정훈장, 2등급은 황조근정훈장, 3등급은 홍조근정훈장, 4등급은 녹조근정훈장, 5등급은 옥조근정훈장인데 내가 받기로 된 황조근정훈장은 그 중 두 번째로 높은 훈격이었다.

공적서류도 제출하고 심사도 사실상 다 끝났기 때문에 12월 하순에 훈장을 받을 일만 남은 상태였는데, 11월 26일 갑자기 퇴임하게 되는 바람에 훈장을 못 받게 된 것이다. 퇴임직후 다른 것은 몰라도 훈장을 받을 수 있는지 여부가 궁금하여 법무부 관계자에게 문의를 하였더니 훈장은 수여 당시에도 현직 공무원이라야 하는데 애석하지만, 공직에서 물러난 이상 훈장이 취소될 것이라는 답변이 돌아와 망연자실했던 기억이 난다.

오로지 훈장을 받으려고 일을 해온 것이 아니지만, 훈장은 국가가 나의 공직재임기간 중의 공로를 인정하는 증표로 욕심을 안 가질 수가 없었던 것인데, 그 훈장이 목전에서 날아가 버렸다고 생각하니 아쉬웠다.

사직인사에 후배 검사들이 달아준 댓글들

김O상: 가슴속을 후벼 파는 듯한 고통과 안타까움 밖에는 아무 할 말이 떠오르지 않습니다. 가슴에서 피눈물이 나네요.

최O호: 검사장님께서 물러나시는 게 맞는건 지, 하지만 책임을 질 줄 아는 선비의 모습은 후배들에게 영원히 기억될 겁니다.

임O정: 참담함을 가눌 길 없습니다. 가시는 뒷모습을 차마 보질 못하겠습니다.

박O완: 존경합니다. 간부들께서 책임지는 모습 보기 어려웠는데, 모범을 보여주셨습니다. 감사합니다.

이O규: 안타깝습니다. 책임이 무엇인지 보여주셨습니다. 존경스럽습니다. 건강하시고 항상 행복하시길 빕니다.

문O일: 검사장님, 참으로 안타깝습니다. 사고치는 사람 따로 있고, 책임을 지고 뒤이은 화를 뒤집어쓰는 사람 따로 있는 것에

화도 납니다. 의연하고 진솔하게 책임지시는 모습에 평소에 모시던 그 모습 그대로이시구나 하는 생각이 듭니다. 하지만, 진정으로 책임을 지는 모습을 보이는 분이 계시다는 것만으로도 감사하게 생각합니다. 사랑하는 검사장님, 존경합니다.

이O신: 늘 후배들과 조직을 위해 아낌없이 버리시던 검사장님. 이런 참담한 상황에서도 끝까지 변함없는 모습을 보여주신 검사장님께 경의를 표하며, 검사장님의 결단이 결코 헛되지 않아야 한다는 무거운 책임감을 느낍니다. 조직의 명운은 이제 뒤로 하시고 새로운 세상에서 행복하고 건승하세요.

정O진: 가슴에서 나는 피눈물이 속으로 사그라지지 않고 꾸역꾸역 눈물이 납니다. 검사장님 뒷모습을 잊지 않겠습니다. 나머지는 남은 저희들의 몫일테지요. 추운겨울 더욱더 추워질테지만, 지치지 않고…, 서두르지도 않고…, 봄에 뿌릴 씨앗을 준비하겠습니다. 존경합니다. 검사장님.

김O길: 어려운 시기에 조직을 추스러야 할 검사장님께서 청의 관리자로서 책임을 통감하며 떠나시는 모습이 안타깝습니다. 검사장님을 모시고 일하는 동안 많이 배우고 좋았습니다. 검사장님, 존경합니다. 항상 건강하십시오.

정O식: 우리가 '검사라면 이래야 한다'고 생각하는 모습을 몸소 보여주시는 듯해 우러르면서도 많이 아픕니다. 남아 있는 사람들을 부끄럽게 만드시는군요. 검사장님의 깊은 헤아림과 '마음'이 많은 이들의 상처를 다독이고, 눈물 훔치고 일어서게 하는 큰 힘이 될 것을 믿습니다.

윤O식: 눈물과 한숨뿐입니다. 18년 전 검사장님은 제게 밥은 먹었냐, 집은 구했냐고 하면서 모든 것을 챙겨주셨습니다. 저는 후배에게 아무것도 챙겨주지 못한 사람이 되었고, 검사장님은 떠나시고, 참으로 막막합니다.

이O주: 이번 사태 듣고, 검사장님 떠나실 줄 알았고, 그것이 더 가슴 아팠습니다. 검사장님 같은 선배가 계셔서 자랑스러웠습니다. 감사합니다.

최O식: 검사장님께서 천안지청장 재임 시, 평택 미군기지 이전반대 대추리시위사건 수사로 밤샘하며 고생하던 평택지청에 손수 야식을 준비, 방문해서 격려해 주실 때의 감동이 아직도 뭉클합니다. 그리고 검찰로서는 아쉽지만, 검사장님의 희생이 세상여론을 돌려놓았습니다. 평생 가슴에 담고 살아가겠습니다. 수고 많이 하셨습니다. 감사합니다.

김O주: 검찰을 끌어갈 참다운 어른 한 분을 잃는 비통함, 검사장님의 기개 참으로 존경합니다. 부디 건강하시고, 행복하십시오.

김O영: 검사장님! 언제 어떻게 글을 올려야 할지 몰라 망연히 있었습니다. 참 짧고도 긴 일주일이었습니다. 사건에 관해 첫 보고를 받으시고 오늘에 이르기까지.

오늘의 상황까지를 염려하며 의기소침한 저희들과 달리 검사장님은 내내 담담하셨고 모든 일을 원칙대로 처리하셨습니다. 불안해하는 저희에게 의기소침해 있지 말고 대담하게 생각하자고 하시고, 간혹 유머로 긴장을 풀어주시기도 하셨습니다. 퇴임식을 마치고 청을 떠나셨는데도, 왠지 집무실에 가면 검사장님을 뵐 수 있을 것 같은 기대감에 몇 번을 기웃거렸습니다. 검찰에 대한 무한한 사랑을 가지고 검찰의 미래에 대해 말씀하시던 음성이 곳곳에 생생하게 남아 있었습니다. 즐겨보시던 책들이 차곡차곡 우체국 박스에 들어가는 것을 보면서 또 한번 참았던 눈물을 왈칵 쏟았습니다. 검찰에서 수 없이 겪은 만남과 이별인데도, 이토록 가슴이 먹먹한 것은… 저 뿐만 아니라 검사장님을 아는 검찰 식구들 모두의 마음일 것입니다.

비록 짧은 4개월이었지만 검사장님을 가까이서 모실 수 있었던 것이 제 검사생활의 가장 큰 행운이라고 생각합니다. 깊이깊이 존경하고 존경합니다. 4줄을 넘기지 않으려 한 글이 너무 길어졌습니다. 못다 남긴 말들은, 두고두고 좋은 검사가 되도록 노력하는 모습으로 보여드리겠습니다.

최O원: 오늘로써 존경하는, 믿고 따를 수 있는 선배를 한 분 떠나보내게 되었습니다. 감히 검사장님의 심정에 비할 바는 못 되겠지만, 억울하고 분합니다. 그 동안 검사장님의 가르침에 감사드리고, 비록 몸은 떠나시지만 변함없는 애정으로 저희들을 가르치고 꾸짖어 주시길 기대하겠습니다. 건강하시고 행복하십시오.

윤O준: 검사장님께서 인생의 제2라운드를 시작하듯이, 검찰의 역사도 이제부터 제2라운드가 되길 바랍니다. 이번에 벌어진 일련의 사건은 검찰이 거듭나기 위해 겪어야하는 피할 수 없는 진통일 것임을 믿습니다.

퇴임 후 1주일… 검찰총장 사퇴파동

내가 사표를 낸다고 모든 문제가 해결된다고 생각한 적은 없다. 다만 그래도 '성추문 사건'으로 인한 검찰에 대한 비판적 시선이 약간은 수그러들기를 바랐다. 당시는 대통령 선거운동 기간 막바지였으므로 대다수 국민들의 눈과 귀가 대통령선거에 더 많이 집중될 것이라는 추론도 가능하였다. 그러나 일은 그렇게 돌아가지 않았다.

가뜩이나 사태가 헝클어진 가운데 설상가상으로 한상대 검찰총장은 김수창 특임검사가 수사 중이던 김 부장검사의 거액 수뢰사건과 관련하여 당시 최재경 중수부장에 대한 감찰을 지시하는 등 소란을 자초하였고, 그 바람에 내가 물러난 지 불과 4일 만인 11월 30일 자신도 불명예 퇴진하는 사태로까지 일이 진행되었다.

이미 검찰총장 임기(2년)의 절반 이상을 지낸 만큼 차라리 김 부장검사의 비리건이나 서울동부지검의 성추문 사태 건이 일어 났을 때 곧바로 자리에 연연하지 않겠다는 등 책임을 통감하는 의사를 표시했더라면 마지막 모양새를 아주 좋게 가져갈 수도 있었을 것인데 참 아쉬운 일이었다.

김 부장검사의 거액 수뢰 사건에 이은 성추문 검사 파문, 주요 사건 수사 및 구형량 결정 과정에서 검찰 상층부의 영향력 행사 의혹 등 논란이 일거에 불거지면서 내가 퇴임한 11월 26일부터 전국 여러 곳의 검찰청에서 평검사 회의가 열리는 등 검찰은 심각한 내홍으로 접어들었다.

여기에 결정적으로 사태를 악화시킨 것은 11월 29일 한상대 검찰 총장이 대검 감찰본부장에게 최재경 중수부장에 대한 감찰조사를 지시한 부분이었다. 현직 검찰총장과 중수부장이 충돌한 사상 초유의 사태가 벌어진 셈인데, 이는 과거 심재륜 전 대구고검장의 항명파동과는 확연히 다른 양상이었다.

과거 사안은 심재륜 고검장 개인이 항명을 하면서 당시 검찰총장의 퇴진을 요구한 상황이라면, 이번에는 검찰 간부 대부분과 일선 검사의 절대다수가 한 총장의 퇴진을 직접 요구하는 사태로 번졌기 때문이다.

대검의 모 고위 간부는 사태의 배경과 관련하여 11월 29일 모 언론에, "지난주 서울동부지검장이 나갈 때, 최재경 중수부장이 '수장으로서 책임져 달라. 당장 나가라는 게 아니라 책임지고 수습하

매일경제

줄잇는 평검사회의 "대충 쇄신 안돼"

서울·수원·대구 검사들 릴레이 대책회의 … 권 법무, 기강확립 지시

최근 잇달아 불거진 초대형 검사 스캔들을 계기로 평검사들이 회의를 개최하고 나섰다. 대검찰청과 고위 간부들을 중심으로 이뤄지면 검찰 개혁 논의가 일선으로 확대되는 모양새다.

평검사 회의가 열린 것은 검경 수사권 조정 문제가 불거진 지난해 6월 이후 불과 1년5개월 만이다. 이 같은 움직임이 전국적으로 이어질지, 강도 높은 검찰 개혁 요구가 아래에서부터 본격 대두될지 주목된다.

가장 먼저 평검사 회의가 개최된 곳은 수원지방검찰청 성남지청이다. 성남지청 평검사들은 26일 오전부터 4시간 동안 회의를 열었다. 이날 회의에선 고칠 부분이 있다면 이번 기 회의 가감 없이 개선해야 한다는 의견이 모인 것으로 알려졌다.

대구지검에선 이날 오후 수석검사 회의에 이어 저녁엔 평검사 회의가 열렸다. 수원지검도 이날 저녁 평검사 회의를 열었다.

서울중앙지검은 27일 수석검사 회의가 열릴 예정이며, 이후 평검사 회의도 열릴 것으로 보인다.

서울서부지검 평검사들은 28일 회의를 개최하며, 서울북부지검은 당초 이날 회의를 열려고 했으나 추후로 회의를 연기했다. 북부지검 관계자는 "누군가 빠지고 누구는 참석하면 의견 수렴에 혼선이 생겨 오늘 하자는 안에는 반대하는 검사들이 많았다"고 설명했다.

이날 전까지 대검찰청에서 24일 연구관 회의를 개최한 것 외에 이렇다 할 평검사들의 오프라인 움직임은 없었다. 검찰 내부통신망에 개설된 익명 게시판을 통해 의견을 개진하거나 윤대해 검사(42·사법연수원 29기)가 실명 게시판을 통해 의견을 제

중수부 폐지등 개혁 논의
수뇌부 책임론까지 거론
검찰총장도 지검장 만나

기한 것이 전부였다.

정치권발 검찰 개혁 논의가 이어지는 가운데 대형 스캔들로 인해 검찰에 대한 비판 여론이 높아지자 평검사들도 이에 대한 중지를 모아야 한다고 판단한 것으로 보인다.

이어지는 평검사 회의에서 대검찰청 중앙수사부 폐지, 상설특검제 도입, 법무부와 검찰 수뇌부의 책임론 등이 제기될지 주목된다. 이에 앞서 △2011년 검경 수사권 조정 △2005년 공판중심주의 도입 당시 연달아 평검사 회의가 열린 바 있다.

떠나는 동부지검장 석동현 서울동부지검장이 26일 퇴임식을 마친 뒤 동부지검 청사를 떠나고 있다. [연합뉴스]

이날 평검사들의 회의가 이어지는 것과 관련해 A검사는 "대충대충 쇄신안을 만들면 언론에서 가만히 있지도 않을 것"이라고 심경을 밝혔다.

반면 확대 해석을 경계하는 시각도 있었다. B검사는 "요즘엔 검찰 조직의 특권의식 같은 것이 많이 없어진 편"이라며 "(성)성 스캔들이 난 전모 검사의 경우 개인 차원의 문제가 더 큰 것 같다"고 말했다.

이날 한상대 검찰총장은 조영곤 대구지검장, 이득홍 부산지검장, 강경림 울산지검장, 김현웅 광주지검장.

김경수 전주지검장, 백종수 제주지검장과 만찬 간담회를 하고 이번 사건의 후속 대책과 검찰 개혁 방안 등에 대해 논의했다. 간담회에선 "외부에 감찰기구를 설치해 가혹할 정도로 감찰을 진행해야 한다"는 의견도 나왔다.

권재진 법무부 장관은 복무 기강 확립과 감찰 강화를 지시했다. 권 장관은 "겸허한 반성과 함께 각별히 복무 자세를 가다듬어야 할 때"라며 "감찰 조직을 더 꼼꼼히 하고 감찰 활동을 특별히 강화해주기 바라며 그 결과를 업무 처리 절차나 제도 개선에도 적극 반영해야 할 것"이라고 강조했다.

법무부는 현재 진행 중인 2013년도 신규 검사 선발 절차부터 인성평가를 강화한다는 방침이다.

한편 전 검사 사건에 대한 책임을 지고 사의를 표명한 석동현 서울동부지검장(52·15기)은 퇴임식에서 "검사와 수사관들이 대오각성해서 해법을 찾아야 한다"며 "과욕은 이제 좀 줄이고 몸을 약간 낮추는 자세로 슬기롭게 지혜와 노력을 모아야 할 것"이라고 당부했다.

대검찰청은 한명관 대검 형사부장을 27일부터 동부지검장 직무대리로 임명했다.

지홍구·장재혁·김효성 기자

겠다는 말이라도 해 달라'고 요구한 것을 한 총장이 특수부의 반발로 오해한 것 같다"고 설명하기도 했다. 결국 한 총장과 참모 조직 간에 소통 부재에서 문제가 불거졌다고 보는 시각이 강했다.

실제로 검찰이 상명하복의 일사불란한 조직이라는 것을 감안하더라도, 검찰과 관련된 각종 현안이 더러 발생하였음에도 불구하고 한 총장의 경우, 전국 고검장들의 의견을 듣는 자리를 한번도 갖지 않는 등 임기시작 이후 일선 검사들과 소통이 충분치 못하였

다는 것이 중평이었다.

　그런 상황에서 현직 검사의 비리사건과 성추문 사건이 연이어 터지면서 검사들은 매우 심각한 자괴감에 빠졌지만, 한 총장이 조직의 위신을 지키고 구하는 차원에서라도 이를 당신의 책임으로 받아들이려는 모습을 전혀 보여주지 못하자 검찰 수뇌부에 대한 원망과 비판이 일선 검사들 사이에서 급격하게 확산되었다.

성명서를 돌리다

　사태가 이렇게 되자 나로서도 한마디 할 수밖에 없다고 생각했다. 퇴임을 한 이상 아무 부담도 없었다. 퇴임한 지 불과 3일밖에 안 된 11월 29일, 나는 다음과 같은 성명서를 작성하여 각 언론사에 돌렸다.

검찰총장은 사태 수습의 방향을 잘못 잡고 있다
- 최근 기류를 보면 검찰총장은 최근 사태와 국민적 불만의 수습을 위해, 중수부 폐지 등 각 대선후보 진영과 그밖에 정치권에서 이른바 검찰개혁이라는 이름으로 검찰제도의 근간을 이루는 사항에 관해 공약한 내용을 마치 검찰에서 상당부분 자진 수용하겠다는 내용으로 개혁방안을 발표하겠다는 것 같으나, 그런 내용으로는 사태를 수습키 어려울 뿐 아니라 시기나 방법 면에서도 매우 부당, 부적절하다고 봄.
- 본인도 개인적으로는 현재 외부에서 거론되는 검찰개혁방안이

상당부분 일리가 이있다고 보지만, 그러나 그 방향의 옳고 그름을 떠나서 그런 제도론적 개혁을 현 시점에서 신망이 떨어진 현 총장이 검란 사태의 수습책으로 불쑥 거론하는 것은 적절치 않고, 내부동의나 추진동력을 모으기도 어려움.

- 중수부든 어떤 제도이든 어떤 특정한 제도의 폐지나 신설 문제는 연동관계에 있는 검찰내 여타 제도및 기능의 정비와 연계하여 검토하여야 하고, 사법경찰, 검찰, 법원 등 형사사법 주요기관 상호간에 서로 업무적 연관이 있는 기능에 관한 협의와 조정, 헌법이나 형사소송법 등 관계법령과의 불일치 방지, 사법정의의 구현을 기대하는 국민적 여망 등의 종합적 고려 위에서 새로 출범하는 정부가 공약의 실행 차원에서 국회의 논의를 거쳐 추진해나가야 할 일인 것임.

- 그것이 국민들에게 검찰개혁으로 평가되고 설사 검찰이 어떤 부분은 개혁을 당하는 모습이 될지라도 내용이 제대로 된 개혁이라면 검찰은 그것을 감수해야 할 것이며, 그 과정에서 기존의 권한과 권위의식을 일정부분 내려놓아야 할 수도 있음.

- 현재 대선후보들의 공약과 언론, 국민적 기대 등 여러 측면에서 향후 논의될 검찰개혁의 내용과 방향이 이미 어느 정도 드러난 상황에서, 총장이 어떤 발표를 하는 것은 이대로 가다가는 검찰이 개혁당할 것 같으니 먼저 선수를 쳐서 스스로 개혁하겠다고 하자는 식의 잔꾀로 비치고 경우에 따라 자해행위로 이어질 가능성이 큼.

- 실제로 어떤 중요한 제도를 개혁하고자 하면 법령의 정비, 관계기관의 협의 및 의견수렴, 정치권의 동의 등이 필요한 만큼 검찰

자력만으로 당장 실행할 수도 없음.

- 그런 점에서 현 총장이 사태 수습차원에서 검찰개혁안을 서둘러 공표하려는 것에 대해 검찰내부의 우려가 심각한 것으로 알고 있으며, 졸속한 내용이거나 맥을 잘못 짚은 방안이라면 공표를 미루고 내부적으로 충분한 재검토, 보완을 해나가야 함.

지금 이 시점에서 검찰총장이 해야 할 일은 무엇인가

- 심히 안타깝지만 지금 총장이 당장 해야 할 일은 책임지고 사퇴하는 것밖에 없음. 이는 오늘도 쌓인 사건처리에 여념이 없어야 할 전국의 평검사들이 일을 제쳐두고 회의를 열거나 연판장을 돌려야만 총장이 깨닫고 결행할 사항이 아니라고 봄.
- 국민은 총장이 자신의 개인적 잘잘못을 떠나 검찰 구성원들이 보여준 중대한 비리와 과오에 대해 총체적인 책임을 지는 모습을 원하지 지금 중수부의 폐지 등 선량한 보통 국민들과 아무런 관계도 없고 무슨 의미인지도 잘 모르는 그런 제도론적 개정은 아무런 감흥도 없고 의미도 없음.
- 총장이 물러나면 검찰이 무너지거나 기타 큰 일이 날 것 같아도 얼마 남지 않은 대선의 공정관리와 관련된 검찰업무는 총장 사퇴 후, 차장 대행체제로 대처하면 되고, 통상적인 검찰기능은 각 고검장, 지검장들이 해낼 수 있음.
- 총장의 임기제 준수는 총장에게 중도 사직할만한 과오나 총장직을 내놓아야 할 만한 불미한 사태가 없을 때의 이야기이지, 그런 사유가 있는데도 단지 임기 때문에 자리에서 절대 못 물러난다고 하는 것은 사리에 맞지도 않다고 봄.

– 무엇보다 총장이 신망을 잃으면 일선 청이 다루는 개개 사건의 수사나 처분이 국민의 동의나 신뢰를 받기가 매우 어려워짐.

지금 이 시점에서 검찰 전 구성원들이 해야 할 일은 무엇인가
– 검찰의 혁신방안은 2원적으로 생각해 볼 수 있는 바, 검찰제도 개혁은 대선후보들의 공약과 맞물려 있고 관련 법령의 정비가 선행되어야 하는 내용인 만큼 지금은 국민 다수의 기대와 그간의 개혁논의에 맞으면서도 검찰의 고유기능을 유지할 수 있는 최적의 내용을 준비해 두고 있다가 새 정부 출범을 전후한 시점에 관계법령 정비등과 병행해서 추진해야 할 사항인 것이지 물러나야 할 총장이 그 추진을 언급할 성질이 아님.
– 그보다 먼저 지금 이 시점에서 검사를 비롯한 전 검찰구성원들이 시급히 나짐을 하고 추진해야 할 사항은 법령정비와 관계없이 실행, 실천이 가능한 의식과 관행의 개선, 즉 고정관념, 특권의식, 수사나 사건처리 인사제도 등 업무전반에 걸친 낡고 구태적인 관행의 혁파, 부패행위 근절 등이라 생각됨.
– 이것은 새 대통령도, 법원도, 국회도, 국민도, 언론 그 밖에 외부 어디도 도와줄 수 없는 일로서 검찰 구성원들이 직접 자성의 자세로 하나하나 답을 내고 실천해야 할 사항이며, 이 또한 차분히 몇날 며칠 일과후 시간에 진지한 회의를 해서(필요하다면 쓴 소리를 할 수 있는 외부 고객을 참여시켜서라도) 차분히 내용을 정리하고 실행계획을 세워야지 당장의 국민여론을 의식하느라 황급히 대책을 만들려고 하면 면피성 대책 내지 미봉책이 될 것은 불을 보듯 뻔함(끝). 2012. 11. 29. 석동현

위 성명서 문건을 돌린 다음날인 11월 30일 조선일보를 비롯한 여러 언론사가 그 내용을 기사화해 주었다.

한 총장은 결국 11월의 마지막 날인 그날 검찰총장직에서 물러난다는 의사를 표하기에 이른다. 내가 퇴임식을 가지고 검찰의 문을 나선지 불과 4일 만에 일어난 일이었고, 나에게 검사로서의 마지막 한 달은 그렇게 마무리가 되어졌다.

내가 성명서를 돌린 것에 대한 조선일보 기사(2012. 11.)

'성추문 사건'의 뒷이야기

연민의 정

처음 사건 발생사실을 보고받았을 때, 그리고 믿어지지 않았지만 초반 조사과정에서 그 내용이 상당부분 사실로 확인되고 있음을 알았을 때, 결국 그 일로 내가 더 이상의 꿈을 접고 사직하는 사태까지 왔을 때에도 사건 당사자인 J 검사에 대한 느낌은 밉고 원망스럽기보다 어쩌다 이런 일을 저질렀나, 참 안됐구나 싶은 연민의 정이 좀 더 강하게 밀려왔다.

그가 잘했다거나 그의 행동을 두둔하자는 것이 아니라 이놈도 자기 나름대로는 갖은 고생을 해서 이 자리까지 왔을 텐데 본격적인 검사생활을 시작하기도 전에 그 공든 탑들이 일거에 무너져버린 것에 대한 안타까움, 그 부모를 비롯하여 처와 두 아이들은 어쩌나, 앞으로도 어떻게 살아갈까 하는 생각에 가슴이 저렸다.

나는 사실 사고가 날 때까지 J 검사를 세 번 정도 상대한 것 같다. 그해 10월 초에 J 검사를 포함하여 두 사람의 로스쿨 출신 검사가 법무연수원에서의 초임검사 연수과정을 마치고 3개월 일정의 실무수습을 위해 내가 근무하는 서울동부지검으로 배정이 되어 왔기에 출근한 첫날 수습신고를 받으면서 얼굴을 보았다.

며칠 후, 집무실로 다시 두 사람을 불러 차를 나누면서 여러 가지 대화를 나누었던 것 같다. 그리고 세 번째는 사고발생 첫 보고를 받기 하루 전날인 11월 19일(월) 저녁 구내식당에서 전 직원 호프데이를 할 때였는데, 그 자리에서 이 친구가 부 대항 맥주 빨리 마시기 종목에서 소속부대표로 나왔기에 내가 잔에 맥주를 가득 따라준 기억이 난다.

그리고 다음날인 11월 20일(화) 부터는 보고로만 접하고, 더 이상 J 검사의 얼굴을 직접 볼 기회가 없었다. 더구나 며칠 후 내가 책임을 지고 퇴임을 해버렸고 달리 만날 이유도 없었기 때문이다.

J 검사는 왜 그런 상황을 만들었을까?

J 검사와 일이 있었던 그 여성 피의자는 제 발로 성폭력신고센터를 찾아가서 마치 자기가 검사에게 성폭행을 당한 것처럼 신고를 했다는 이야기가 있었다. 그런데 실은 그 여성은 자신이 2012년 11월 10일 토요일 서울동부지검의 검사실에서 J 검사와 단둘이 있는 상황에서 주고받은 대화를 비롯하여 그 자리에서 발생한 모든 소리를 다 녹음하였다고 했다. 그렇다면 미리 녹음 준비를 해갔다는 이야기가 된다.

그런데 J 검사는 왜 다른 직원들이 아무도 출근 하지 않는 토요일에 그 여성 피의자를 굳이 검사실로 불러서 단둘이 있는 상황을 만들었을까? 이점을 두고 J 검사가 처음부터 약간 불량한 생각이나 의도를 가지고 그런 상황을 만든 것은 아닐까. 그리고 수습 중에 있는 J 검사가 그렇게 한 것에 대해 지도검사나 부장검사가 감독의 소임을 제대로 하지 못한 것 아닌가?라고 생각하는 사람들이 있을 수도 있다.

하지만 이런 점을 알 필요가 있다. 즉 수습검사는 3개월 동안의 수습기간이 지나면 떠나야 하므로 자신에게 배당된 사건을 그 기간 내에 모두 처리해야 하고, 또한 일반검사들이라면 기록상 증거관계나 법리상 범죄혐의가 명백한 사건은 피의자를 일일이 소환조사하지 않아도 되지만, 수습검사는 실무수습차원에서 자신이 배당받은 사건의 피의자들을 가급적 전부 소환해서 신문을 하거나 진술을 듣게 되어 있다.

실제로 그 여성 피의자의 절도 사건은 백화점에서 좀도둑질을 10여회 저지른 사안으로 피의자도 시인하고 증거품이 압수되어 있는 등 일반 검사라면 소환할 필요없이 기소하는데 아무런 문제가 없는 사안이었지만, J 검사는 수습기간 중이다 보니 그 여성 피의자를 불러서 어떤 형태로든지 조사를 해야 했던 것이다.

그래서 검찰청으로 나오라고 하니 그 피의자는 일을 하느라 토요일 밖에 시간을 낼 수가 없다 하자 토요일이라도 좋으니 나오라고 하게 되었고, 토요일이라 참여계장도 출근하지 않는 상황이었으니 피의자 신문조서를 작성할 수가 없어 할 수 없이 자필로 진술서를 작성하게 하였다고 한다.

결과가 나빴고 어떻든 아직 경험이 전무한 수습검사와 여성 피의자 두 사람만 일과외 시간에 청사에서 대면하게 되는 상황을 제어하지 못한 것은 문제가 있지만, 수습검사의 배당사건 처리방식 등을 감안해서 본다면 그 과정이나 경위를 이해 못할 바도 아닌 그런 상황이었다.

대검 감찰본부는 그런 죄명으로 J 검사에 대해 구속영장을 청구하였으나 서울중앙지법의 영장전담 판사는 12월 26일 "이 사건 범죄 혐의에 적용된 뇌물죄에 한해 보면 그 범죄 성립 여부에 상당한 의문이 있다"며 "윤리적 비난 가능성에도 불구하고 두 당사자의 대화내용이 모두 녹음이 되어 있어 증거인멸의 우려도 없어 구속의 상당성을 인정하기 어렵다"고 하면서 구속영장을 기각하였고, 검찰이 이틀 후에 다시 동일 죄명으로 영장을 재청구한 것에 대해서도 법원은 영장을 기각하였다.

뇌물수수죄를 적용하다

결국 대검 감찰본부는 2013년 1월 17일 J 검사를 뇌물수수죄 등으로 불구속 기소하였다. 대검 감찰본부는 J 검사가 그 여성 피의자와 검사실이나 모텔 등에서 성관계를 가진 부분에 대해서는 지위를 이용해 직무와 관련한 향응을 제공받은 것으로 보아 뇌물수수죄를 적용하는가 하면, 그 여성 피의자를 검사실이 아닌 청사근처 지하철역으로 오게 하여 자신의 차에 태운 행위에 대해서는 직권을 남용해 의무 없는 일을 하게 한 것이라는 이유로 '직권남용 권리행사방해죄'를 적용했다.

공소사실 중에 '뇌물수수죄' 외에 굳이 '권리행사방해죄'까지 갖다 붙인 점에 대해서는 혹시나 뇌물수수죄 부분에 대해 법원에서 무죄를 선고할 것을 염려한 처사가 아닐까 싶었는데 뭐랄까 과유불급(過猶不及)같기도 하고, 한편 사건의 큰 줄거리로 당사자를 이미 요절을 내면서도 그 사건의 일부에 불과한 사소한 부분까지 별도로 문제를 삼는 소아병적 인식에 자괴감이 느껴졌다.

재판과 복역

위 공소사실에 대해 법원은 1심과 2심 모두 유죄로 선고하였다. J 검사는 1심에서 징역 2년을 선고받고 법정구속이 되었고, 그 후 동 판결이 최종 확정이 되면서 영월교도소에서 복역하게 되었다.

내가 J 검사를 다시 만난 것은 2014년 11월 14일, 그가 복역 중이던 영월교도소에 면회를 갔을 때였다. 그날 제법 쌀쌀한 날씨 속에 세 시간을 차로 달려 영월교도소로 갔다.

그가 저지른 비행 때문에 검사장 직에서 물러났고, 담당 부장검사와 차장검사도 심각한 인사상 불이익을 입었으며, 사건발생 후 피해자의 사진을 인터넷상에서 돌려보았다는 이유로 엉뚱하게도 여러 직원들까지 재판에 회부되는 등 많은 상처를 입기도 한 상태에서 내가 그를 영월까지 면회하러 간다는 것은 다소 의아한 행동일수도 있었다.

하지만 나는 젊디젊은 그와 그 가족이 출소 이후에도 어떻게 살아갈지, 사회의 차가운 시선 속에서 그 멍에를 지고 어떻게 지낼지가 걱정스러웠다. 면회하기에 앞서 영월교도소장을 먼저 잠시 면

담했었는데, 그 분도 내가 영월교도소까지 그를 면회하러 온 것에 대해 무척 놀라워하는 기색이었다.

사실 접견실에서 직접 대면하기 전에는 얼굴이 어찌 생겼는지 조차 잘 떠오르지 않았다. 기억이 남을 정도로 강한 인상을 받지 못했기 때문이었을 것이다.

만나보니 얼굴을 바로 알아볼 수가 있었다. J 검사는 눈물부터 쏟았다. 자기 때문에 내가 검사장직을 내려놓은 것에 대해서도 진정으로 괴롭고, 미안해하는 기색이 역력했다. 내가 서울에서 영월교도소까지 자기를 면회하러 오리라는 것 또한 상상이나 했겠는가. 나는 그를 잠시 동안 그냥 안아주었다.

"너는 머리가 좋으니 남은 복역기간동안 외국어 공부를 열심히 해서 출소하면 어디든지 외국으로 가라. 외국에서 변호사 자격을 따서 거기서 일을 하든지, 필요하다면 이름도 개명을 해야 할지 모른다. 언젠가 다시 한국에 오게 되면 찾아오라."고 이야기 해주고 왔다.

J 검사는 2015년 2월 초, 2년의 형기를 모두 마치고 만기 출소하였다.

에필로그

새로운 도전을 시작하면서

저는 대학을 졸업하고 바로 법조인의 길에 들어서서 30년 가까이 검사로 나름대로 최선을 다하여 공직에 봉사하였습니다. 처음 몇 년은 제가 받는 대우가 당연한 것이고, 스스로 잘 났다는 생각을 했었던 적도 많았습니다. 모든 것이 내가 잘나서, 잘해서 그럴 수밖에 없다는 안이한 생각을 했던 적도 있었습니다.

그러다가 2002년 대장암 진단과 그로 인해 몸에서 대장 전부를 들어내는 큰 고비를 겪으면서 모든 생각이 확연히 달라졌습니다. 모든 것에 감사하는 마음과 양보 그리고 거안사위(居安思危), 즉 편안할 때 항상 위기가 올수 있음을 생각하면서 대비하는 징비(懲毖)의 자세로 바뀌게 되었습니다. 무엇보다 이런 생각으로 바뀌고 나서 병마도 이겨낼 수 있었습니다. 그리고 검사장까지 오를 수 있었던 용기와 희망을 갖지 않았나 싶습니다.

되돌아보면, 매사에 최선을 다할 때 세상은 그 진정성을 알아주었다고 생각합니다. 어느 시점부터는 검찰을 비롯한 관공서는 국민의 편익을 위해 존재하는것이라는 생각을 하면서, 내가 담당한 업무나 속한 조직이 수행하는 업무에서 합리적 사고를 하고 있는지, 국민적 시각에서 불편한 부분이나 고쳐야 할 부분이 없는지 늘 자성하며 살아왔습니다.

무엇보다 검찰이 국민의 눈높이 상식과 통념에 벗어나는 조직이 되지 않도록 내부에서 쓴 소리를 하는 사람이 되고자 했습니다. 물론 아직도 스스로 성찰하며 고쳐가야 할 부분이 너무 많음 또한 잘 알고 있습니다.

2012년 가을, 서울 동부지검장으로 재직하다 전격적으로 사표를 낼 때에도 사즉생(死即生)의 자세를 생각했습니다. 당시는 대선 유력후보들이 모두 앞 다투어 검찰의 개혁을 공약으로 내세우는 상황에서 한 부장검사의 '거액 수뢰 사건'에 이어 청사 내에서 수습검사의 '성 추문 사건'까지 터진 검찰 초유의 위기를 맞았습니다.

그런 상황에서 누군가는 모두를 위해 책임을 져야 한다는 걸 보여야 했던 때였습니다. 그때의 결단에 대해서는 지금까지 한번도 후회한 적이 없고 만약 똑같은 상황이 다시 오더라도 그렇게 처신했을 것입니다.

지난 일은 언젠가 잊혀지고, 더 성숙된 저를 만들어 줄 것입니다. 제 속에는 공익과 공직에 대한 열망이 항시 자리 잡고 있습니다. 공직에서 물러난 이후에도 국내 이주 조선족 동포들의 국내 정착과 취업을 돕기 위한 동포교육지원단 이사장을 맡았던 일이나, 한반도인권과 통일을위한 변호사모임(한변) 공동대표를 맡는 등 공익활동에 힘써 온 것도 그 일환이기도 합니다.

잠실야구장에서 가족들과 함께(2011. 11. 19.)

　평소 저는 '다함께 잘 살아야 한다. 똑같이 다 잘 살 수는 물론 없지만 가능하면 어렵고 힘없는 사람들에게 좀 더 기회를 주어 억울한 사람은 없어야 한다.

　나아가 지역 간의 균형발전과 계층간 동반 성장을 할 수 있어야 한다. 모든 사람이 똑같은 여건과 성과를 향유하기는 어렵지만, 사회 곳곳에서 억울해 하는 부분을 줄여나가야 한다'는 신념을 지녀왔습니다. 이제 저는 그 일을 하고 싶습니다.

5년 만에 재판을 내면서

5년 전인 2016년 1월 처음 펴낸 이 책을 최근에 찾는 분들이 더러 계신다고 출판사에서 새로 더 찍자는 권유를 받고 생각 끝에 그러기로 했다. 최근에 유투브 출연이나 신문 기사에서 내 이름이 자주 거론되니 관심을 가져 주시는 것 같아 황송하다.

당초 2016년에 이 책을 처음 낼 때는 솔직히 그해 4월의 19대 총선에 출마하면서 내가 어떤 사람인지 알리기 위한 뜻이 많았다 보니 선거나 정치 얘기도 군데군데 좀 들어 있었는데 이번 재판에서는 그런 부분은 다 들어내기로 했다.

세상에 책이 많고 많지만 모자(母子)가 각자 쓴 글을 합쳐서 책으로 낸 사례는 드물 것이다.

이 책의 1부(어머니 비망록)는 어머님이 회갑 이후에 노인대학에서 PC로 간단한 인터넷 검색과 한글문서 작성 저장법을 배우신 후에 문서작성을 연습하기 위해 당신이 직접 옛날 기억을 더듬어 이야기 한편당 A4용지 1장 분량으로 한편씩 글을 쓴 것이 시작이었다.

세상에 어머니들에게 대부분 옛날의 이야기란 자식 키운 이야기, 남편 이야기 아니겠는가.

내용도 직접 생각하고 또 집에 있던 낡은 PC로 어머님이 독수리

타법으로 한글자 한글자 손수 타이핑하신 글들이다.

그 글들을 어머님이 프린트하여 제본까지 하셔서 주변 여러분들께 나누어 주시는 것을 보고, 나중에 언젠가 어머님 팔순 잔치를 하게 되면(실제로 잔치는 하지 못했지만) 내가 그 글들을 책으로 만들어서 잔치에 오신 분들께 선물로 드려야지 하는 생각을 늘 품고 있었다.

그러던 중 2016년 초에 마침 내가 부산서 총선 출마를 하고 책을 내기로 하면서 정치인들의 천편일률적인 딱딱한 책보다 내 글까지 합쳐 모자가 함께 만든 책으로 내게 된 것이었다.

책으로 만들어 놓고보니 오히려 어머님의 글 부분은 당신이 직접 타이핑까지 하시고 프린트한 A4용지들을 제본하여 만든 책이 주는 독특한 감동을 반의 반도 못 살리는 아쉬움이 있기는 했다.

하지만 그때나 지금이나 어머님의 다정한 글 솜씨는 내가 그 분의 자식이어서가 아니라 참 대단하게 느껴진다.

어쨌든 새로 재판을 내기로 한 마당에, 초판이후 지난 6년 동안에 내가 사회활동을 하면서 페북 등에 기고한 글들 중에 몇가지라도 골라서 추가할까도 했으나, 내 페북 글은 그 성격상 따로 내 개인 책으로 출간하는 것을 기약하고, 이 책은 그 이후 내 약력의 변화를 일부 보강하는 등 일부 손질한 것 외에는 어머니와 함께 썼던 이야기 책의 성격에 맞게 최대한 원본 그대로 내기로 했다.

2021년 6월 20일

석동현 연대기

1960년 9월 15일 부산 동구 범일동 297번지에서 출생
 - 부 석철수, 모 여숙아 슬하 2남 1녀중 차남
1967년 성남초등학교 입학
1973년 대연중학교 입학
 - 3학년 때 학생회장으로 선출
 - 3학년 때(1975년 5월) 부산에서 열린 제4회 전국 소년체육대회의 총지휘자
   로 선발
1976년 부산동고등학교 입학
 - 3학년 때 학도호국단 연대장(학생회장에 해당)을 맡다
 - 부산시내 고등학교 학도호국단 연대장 총대표로 임명
1979년 3월 서울대학교 법과대학 입학
 - 본고사를 거쳐 160명 입학
 - 1년간 기숙사 생활
 - 그해 10·26사건, 12·12사건 발생으로 서울대 휴교령 내려지다
1980년 3월 학년회장(법대 2학년)으로 선출
 - 12·12사건 이후 겨울을 지나고 1980년 3월 각 대학에서 학도호국단 대신
   총학생회를 구성하는 등 '민주화의 봄' 도래
 - 서울대에서는 심재철(전 국회의원)이 총학생회장, 유시민(노무현재단이사
   장)이 대의원회의 의장으로 각각 선출
 - 그해 5월 광주사태 발생, 다시 휴교령 내려지다
1982년 제24회 사법시험 2차 시험에서 낙방
1983년 2월 서울법대 졸업(제37회)
1983년 3월 서울대 대학원 법학과 진학(헌법학 전공)
1983년 8월 제25회 사법시험 합격
 - 그해에 1, 2, 3차를 차례로 모두 통과
1984년 1월 사법연수원 입학(제15기)
1985년 12월 사법연수원 수료
1985년 12월 방위병 입대
 - 서울 불암산 자락에 있던 OO사단 헌병대에서 근무
1986년 6월 7일 방위병 복무기간 중에 미국 펜실베이니아대학교에서 유학 중
 이던 박영아와 결혼

- 3개월 후인 9월 초 아내 박영아는 공부를 계속하기 위해 다시 미국으로 떠남

1987년 3월 16일 부산지검 검사로 임관

1987년 8월 아내 박영아, 미국에서 물리학 박사학위를 받고 귀국

1988년 3월 아내 박영아, 포항공대 객원조교수로 부임

1988년 7월 26일 서울 안세병원에서 장녀 혜선 출생

1989년 3월 아내 박영아, 명지대 물리학과 교수로 부임
- 2008년 4월 제18대 국회의원으로 당선될 때까지 약 20년간 근속

1989년 5월 부산 동의대 사건 발생, 합동수사팀에 참여
- 동의대 도서관 건물 8층에서 경찰관 여러 명을 사상하게 만든 시너 화재 원인 규명에 결정적 기여

1989년 8월 춘천지검 원주지청 검사로 부임

1990년 8월 서울지검 남부지청 검사로 부임

1991년 7월 21일 서울 안세병원에서 차녀 혜원 출생

1994년 9~12월 일본 후쭈(甲府)시 소재 유엔범죄방지 연수소(아지껜, UNAFEI)에서 국제연수 참가
- 20여 개국에서 판, 검사, 경찰간부 등 참가

1995년 9월 법무부 법무실 법무과 검사로 부임
- 1997년 12월 부모양계혈통주의와 국적선택제도 도입 등을 골자로 한 국적법 전면개정시 실무를 주도

1998년 2월 서울대학교 대학원 졸업(법학 석사)
- 석사 논문: 국적법의 헌법적 문제점 연구

1998년 3월 서울지검 검사로 부임

1998년 9~12월 미국 조지타운 대 법과대학원 연수

1999년 1월 18일 선친 담도암으로 별세

1999년 1월 하순 서울지검 수석검사로서 전국 평검사 회의 주도
- 1998년 가을 대전에서 발생한 법조비리 사건의 여파로 당시 김태정 검찰총장 퇴진 요구

1999년 6월 청주지검 영동지청장으로 부임

2000년 7월 대검 검찰연구관으로 부임

2002년 2월 대검찰청 공보관으로 부임

2002년 5월 24일 서울아산병원의 종합검진과정에서 대장암 발견
- 6월 12일 같은 병원에서 대장 절제 수술

2003년 3월 법무부 법무과장으로 부임

2004년 2월 『국적법 연구』 출간

2005년 3월 서울중앙지검 형사1부장으로 부임

2006년 3월 대전지검 천안지청장 부임

2007년 3월 서울고검 검사 겸 대검찰청 전략과제 연구관으로 부임

2008년 3월 검사장 승진, 서울고등검찰청 송무부장 부임

2008년 4월 18대 총선에서 아내 박영아, 서울 송파구 갑 지역(한나라당 공천)
　　국회의원 당선

2009년 1월 대전고검 차장검사 부임

2009년 7월 법무부 출입국외국인정책본부장 부임

　　- 국적법 제10차 개정 주도

2011년 7월 부산지방검찰청 검사장으로 부임

2012년 8월 서울동부지방검찰청 검사장으로 부임

2012년 11월 26일 퇴임

2013년 4월 변호사 개업(법무법인 화우)

2013년 6월 1일~2016년 5월 사단법인 동포교육지원단 이사장

2013년 9월 한반도인권과통일을위한변호사모임(한변) 공동대표 취임

2013년 3월 롯데자이언츠야구단 자문변호사

2014년~2015년 한국이민법학회 창립, 초대 회장

2014년 4월 1일 법무법인 대호 대표변호사

2015년 1월 당시 여당(새누리당) 추천으로 세월호 진상규명 특별조사위원회
　　비상임위원으로 지명

　　- 특별법에 따라 국회 본회의에서 선출

2015년 12월 14일 세월호 진상규명 특별조사위원회 비상임위원 사퇴서 제출

2016년 4월 제20대 총선 예비후보 등록

2020년 4월 제1대 총선 예비후보 등록

2021년 4월 1일~ 법무법인 동진 대표 변호사

　□ 저서

『大韓民國 國籍法 解說』(1999, 일본加除出版社)

『국적법연구』(2004, 동광출판사)

『국적법』(2011, 법문사)

『最新 大韓民國 國籍法』(2011, 일본加除出版社)

『희망이 되어 주는 사람 석동현』(2016, 글마당)

어머니와 함께 쓴 이야기

희망이 되어 주는 사람 석동현

지은이 | 석동현·여숙아
만든이 | 최수경
만든곳 | 글마당
책임 편집디자인 | 정다희

(등록 제02-1-253호, 1995. 6. 23)

1판 1쇄 | 2016년 1월 18일
2판 1쇄 | 2021년 7월 20일

주소 | 서울시 송파구 송파대로 28길 32
전화 | 02. 451. 1227
팩스 | 02. 6280. 9003
홈페이지 | www.gulmadang.com
이메일 | vincent@gulmadang.com

ISBN 979-11-90244-20-6(03810)   값 15,000원